天竺茶碗
義賊・神田小僧

小杉健治

幻冬舎時代小説文庫

天竺茶碗　義賊・神田小僧

目次

第一章　天竺茶碗

一

師走にしては珍しく、遠くで雷が鳴っていた。西の方には重たい雲がかかっている。

まだ暗い暁七つ（午前四時）、神田佐久間町の一角に黒い影が走った。黒い布でほっかむりをして、黒装束に身を包んでいる。

神田小僧《かんだこぞう》だ。

『亀田屋』の裏口で止まった。

江戸の薪炭問屋で五本の指に入る大店《おおだな》だ。大きな土蔵造りの建物と、一回り小さな同じく土蔵造りの別棟が通りを挟んで聳《そび》え立っており、奉公人も百人近くはいるようだ。元々は片方しかなかったが、店の規模が大きくなるにつれて拡大し、別棟をつくった。

『亀田屋』にはもうひとつの顔がある。

金貸しだ。大名に金を貸して、莫大な利益を上げている。

主人の与兵衛《よへえ》の家族が住む母屋は、大きな店の方だ。

その店の裏側は塀と奥蔵がつづいており、出入口がふたつある。ひとつは家族が使い、もうひとつは奉公人たちが使う。昼間であっても人通りは多くない。

神田小僧は鉤縄を白壁の瓦に引っかけ、壁を乗り越えた。庭に飛び降りると霜を踏む音がした。身を屈め、辺りを注意深く見回す。外蔵が三つあり、庭の端には稲荷と内井戸もある。最後の見廻りはもう引き上げたようだ。勝手口には灯りが点いている。もう起きだしている奉公人もいる。

母屋までは三間《けん》（約五・四メートル）ほどあり、松の木が等間隔に植えられていた。

神田小僧は庭に張り巡らされている鳴子の紐を跨《また》いで母屋に向かい、床下にもぐりこんだ。

しばらく這って進み、中庭に出た。内廊下が四方に巡らされており、廊下の突き当りに内蔵が見えた。

内蔵には特殊な錠前が掛かっている。鍵穴が斜めになっているのだ。この錠は、鍵を差し込んで四半分を回し、鍵に対し鍵穴を垂直にさせる。それから、押し込むようにさらに四半分を回さなければ解錠できない二重構造になっている。これが錠前破りを難しくしている。

あと半刻（一時間）も経てば他の奉公人たちも起きだす。その前に錠前を破らなければならない。

神田小僧は懐から釘を取り出し、先端を丸く曲げた。それを鍵穴の下部から入れて、奥に押し込み、鍵を回すように力を入れながら回した。それから、もう一本釘を取り出し、こちらも先端を少し丸めて鍵穴の上部から差し込んだ。

カチャッと外れる音がした。

錠を外して、ゆっくりと扉を開ける。鈍い音が微かに聞こえた。

その奥にも、さらに扉があって、錠前が掛かっていた。神田小僧は外扉を閉め、素早い動きで、その錠をいとも簡単に開けた。

中に入り火縄に火を点ける。その灯りを頼りに奥に進んだ。

蔵の中のどの辺にどういうものが置いてあるのかはだいたい想像がつく。一番奥の棚に向かった。棚には香炉、茶器、掛け軸など高価なものが多く置かれていた。主人与兵衛が金に飽かして手に入れたものだ。神田小僧は黄色い風呂敷包みのものを手に取り、風呂敷を解いた。桐箱が出てきて、中の物に触った。

ざらざらとして、縁の一部が内側に入り込んでいる。微かに麝香《じやこう》の匂いが漂ってきた。

(これが天竺《てんじく》茶碗だ)

神田小僧は天竺茶碗を確かめ終えると、桐箱に戻し、自分の持ってきた風呂敷に包み替え、ふたつの扉を施錠してから外に出た。

「あっ」

と、思わず声が出そうになった。

内廊下に『亀田屋』の娘が佇んでいた。娘はただ茫然と神田小僧を見つめていた。

神田小僧はなぜか娘をしばらく見つめ、それから去っていった。

明け六つ(午前六時)、日本橋久松町《ひさまつちよう》の浜町河岸《はまちようがし》。

ようやく空が明るくなってきた。

浜町堀には魚や野菜などを積んだ小舟が何艘も往来していた。巳之助《みのすけ》は浜町河岸を歩いて、長屋に帰っていった。巳之助は二十五歳で、細身でしなやかな体つきをしている。切れ長の目元が少し寂しそうでもあり、少し冷たく思えるような顔立ちだ。

向こうから浅黒く日焼けした四角い頭の男が歩いてきた。

「おう、巳之助さん」

男が声を掛けてきた。

同じ長屋の住人で、野菜の棒手振りをしている庄助《しょうすけ》である。巳之助より少し年上だ。

巳之助は軽くお辞儀した。

「また朝帰りか」

「ええ」

「お前さんも早く女房を持ったほうがいいぞ。どんな女か知らねえけど、面倒なことに巻き込まれないようにしろよ」

庄助は注意した。

巳之助が亭主の留守を狙って女の家に泊まり込んでいるとでも思っているのかもしれない。

この男はつい一月ほど前に、所帯を持ったばかりだった。相手は年季の明けた吉原の女のようだが、世話好きで笑みを絶やさない明るい女だった。

「そうですね」

巳之助は小さく言った。

「お前さんは顔もいいんだし、すぐに見つけられるだろう」

「いえ……」

巳之助は首を横に振った。

「今夜酒でも吞《の》もう」

庄助が笑顔で誘った。

巳之助は曖昧に返事をして、その場を去っていった。

栄橋の前で右に曲がり、二つ目の路地に入り久松町に帰ってきた。木戸をくぐると、三軒長屋だ。その一番奥が巳之助の家である。この長屋にはお節介な夫婦と、魚の棒手振り、六十過ぎの禿頭の隠居、そして庄助夫婦が住んでいる。

巳之助は自分の家に入ると、風呂敷を解き、桐箱の中から茶碗を取り出した。

もう一度、茶碗を見た。

たしかに、天竺茶碗であった。与兵衛が眺めているのを天井裏から見たことがあった。巳之助は茶碗を持ちながら、目を細め、首を傾げた。

日本に十点しか入ってこなかったとされ、持ち主がわかっているのは三点のみである。ひとつは将軍徳川家治《とくがわいえはる》、もうひとつは水戸公が持っているとされる。そして、もうひとつは出雲松江藩主で粋人の松平不昧《まつだいらふまい》公が持っていた。それが今は亀田屋与兵衛の手許にある。

与兵衛は今頃、天竺茶碗がなくなったことに気が付いているだろうか。

奉行所に訴えれば、神田小僧の仕業だとわかるだろう。

世間で神田小僧と呼ばれている盗人が巳之助である。そのあざやかな手口と、大商家や大名屋敷などからしか金を盗まないことで人気があるようだった。

天竺茶碗を流しの脇に他の茶碗と一緒に置いた。まさかここに天竺茶碗があるとは誰も思わないだろう。

それから、部屋の隅に置いてある道具箱を取り出した。中にはふいご、鋏《はさみ》、鉋《かんな》、金づち、るつぼなどが入っている。

巳之助は一刻（二時間）ほど寝て、朝五つ（午前八時）過ぎに、道具箱を肩にかけて外に出た。新《あたら》シ橋を渡り、神田佐久間町の『亀田屋』の前を通った。ちょうど、駕籠が店の前で止まった。巳之助は少し離れたところから様子を窺うと、駕籠の中から宗匠頭巾を被った茶人らしい男が出てきた。それを主人の与兵衛が笑顔で迎えている。

（まだ気が付いていないのだろう）

そのまま、御成《おなり》街道に出て、不忍池の前の池之端仲町に真っすぐ向かった。今日は池之端仲町から本郷あたりまで回るつもりだった。

池之端仲町の路地に入り、

「いかけえ」

と、低いが通る声を掛けた。

「ちょいと」

黒い塀に囲まれた二階建ての一軒家から女が出てきた。

三日前にもまな板を削ってあげた三十くらいの愛嬌があって身なりの良い女であった。女は近頃よく巳之助に鋳掛《いかけ》を頼んでいる。

「これなんだけど」

女は持ってきたまな板を差し出した。

「またですか」

巳之助は不審そうに言い、女からまな板を受け取った。まな板は特に傷んでいる様子はない。

「まだ使えそうですよ」

巳之助が教えてやった。

「いつも綺麗にしておきたいのよ」

「でも……」

巳之助はもう一度まな板を見た。やはり、新品とまではいかないが、そこそこ綺麗である。

「この前、あっしの削り方が悪かったんでしょう」

三日前の削り方が気に食わなかったのかと思った。

「いや、そうじゃないの。お前さんにやってもらうと綺麗に仕上がるから頼んでいるんだよ。とにかく、やっておくれよ」

女が縋《すが》るように見つめてきた。

「そうですか」

巳之助は端に寄り、道具箱から鉋を取り出して、まな板を削り始めた。女にずっと顔を見られているような気がした。

巳之助は手を休め、顔を上げた。

「何か付いていますか」

「いいえ」

女は首を横に振り、

「お前さんは三日に一度、この町内に来るんだろう」

と、話を変えた。

「ええ」

巳之助は作業を続けながら頷いた。

「何でもやってくれるのかい」

「はい」

「鍵をなくした錠前でも開けてくれるかい」

「出来ます」

巳之助は頷いた。

「本当？　よかったわ。鍵をなくしてどうしようかと思っていたんだ。お前さん、器用だからそういうことも出来るだろうと思っていたんだ」

「じゃあ、いま直しましょうか」

「いいえ、いまじゃなくていいのよ」

「すぐ終わりますけど」

「ちょっと出かける用事があるから。今度、来た時また声をかけるから」

女が笑顔で言った。

巳之助はまな板の表面をきれいに削り終えた。

「終わりました」

「ありがとう」

女が三文を出した。

巳之助はそれを受け取って、再び声を出して歩き出した。

そこから程ない長屋木戸をくぐり、奥から二軒目の家を訪ねた。床に臥した三十過ぎの体を壊して仕事が出来なくなった畳職人と、九つばかりの女の子が住んでいる家だ。

「こんにちは」

巳之助はそっと腰高障子を開けた。家具が殆どない部屋には布団が敷いてあり、男が横たわっていた。

男は巳之助を見ると半身を起こした。

途端に小さく咳き込んだ。

「大丈夫ですか」

と巳之助はすぐに駆け寄り、背中を擦るとやがて治まった。

「今日も薬持ってきましたよ」

「いつもすまねえな」

「それより、あの子は？」

「ちょっと使いに行ってもらっているんだ。直ぐに帰ってくると思うんだけど」

「そうですか。これをあの子に」

巳之助は道具箱の中から大福を取り出して渡し、

「これも」

と、男の枕元に二朱置いた。

「本当に何から何までありがとう」

「また伺います」

巳之助はそう言って、長屋を去っていった。


その日の夜、巳之助は日本橋久松町の長屋に戻り、天竺茶碗を眺めていた。

『亀田屋』は松江藩に金を貸していたので、不昧公との付き合いが深かった。主人の与兵衛は茶の湯にも通じ、数多くの茶碗を集めていた。この茶碗は与兵衛が松平家から借りているものである。与兵衛がかなりの額を松江藩に貸しているので、不昧公がその礼に天竺茶碗を預けてくれた。だが、不昧公が亡くなり、返却を求められている。

来月の初め、『亀田屋』で新春の茶会が開かれ、天竺茶碗を披露したあと返却することになっているようだ。

その時、この茶碗を紛失したと分かれば、与兵衛は窮地に追い込まれるだろう。それが狙いだった。

もうこの茶碗に用はない。いっそのこと、この茶碗を割ってしまおう。

巳之助は茶碗を振り上げた。

しかし、思いとどまった。いくら、与兵衛が憎いと言っても、天竺茶碗の価値は計り知れない。このような価値のあるものを壊すには忍びないし、陶工の気持ちを考えればそんな野蛮なことは出来ない。

その時、戸が叩かれた。

「誰です」

巳之助が声を掛けた。

「俺だよ、巳之助さん。邪魔するぜ」

酒徳利を手にした庄助が入ってきた。

巳之助は茶碗を隅に置いて、

「何ですか」

と、ぶっきら棒にきいた。

「今朝約束したじゃねえか」

「約束？」

「まあ、いいじゃねえか。呑もう」

「酒はやらないんで」

巳之助は突き放すように言った。

「そんなこと言わずに、ちょっと付き合えよ」

「何であっしなんかに」

「色々話してみたいんだ」

「あっしなんて、つまらないですよ」

「そんなことねえよ」

庄助は笑顔で言った。

「でも、酒は勘弁してください」

「俺がひとりで呑むから話でもしようじゃねえか」

「これから明日の仕事の支度をするんで」

「お前さんは支度しててもいいから、俺はここで呑んでもいいか？」

庄助は引き下がらなかった。

「では、勝手にしてください」

巳之助は言い放った。

庄助は履物を脱ぎ捨てて上がってくると、火鉢の前に腰を下ろした。

「すまねえが、猪口をくれないか」

「ないんです」

「じゃあ、その茶碗でもいい」

庄助が部屋の隅に置いてある天竺茶碗を指した。

「この茶碗は……」

巳之助は後の言葉を誤魔化し、流しの脇に置いてある他の茶碗を取りに行って渡した。庄助はぞんざいに受け取り、酒を入れた。

そのまま一気に呑み、茶碗を空にすると再び酒を注いだ。

「さっきの茶碗は使わせたくないものなのかい」

庄助が様子を窺うようにきいた。

「まだ使ったことないんで」

「へえ、見せてくれ」

「割るといけないんで、なるべく触らないようにしているんです」

巳之助が嫌そうな顔を見せた。

「結構高かったのかい」

「いえ」

「でも、なかなか見ない形だな。もっとも、俺は茶碗なんかには詳しくねえけどな」

庄助はそれほど呑んでいなかったが豪快に笑った。

巳之助が冷めた顔をしていても、気にしていない。

「それにしても、お前さんは本当に不思議だな。長屋の連中とは付き合おうとしない」

「いえ、そういうわけでは」

「ここに引っ越してきてから、もう一年くらい経つだろう」

「そうですね」

「女房を持とうと思わねえのか」

「ええ、まだ」

巳之助は即座に答えた。

「もし決まった女がいないのなら、俺の妹はどうかと思ったんだが」

「………」

巳之助は黙った。庄助の妹は十八歳で旗本屋敷に奉公に上がっているそうだ。

「まあ、考えてみてくれ」

庄助はしばらく酒を呑むと、そこに寝てしまった。

巳之助はしばらく寝かせておいた。その間、鋳掛で使う道具の手入れをした。

半刻（一時間）が経った。

「あれ？　寝ちまったか」

庄助は目をしょぼつかせながら、大きく伸びをしてから体を起こした。髷《まげ》が乱れて、髪が所々はねていた。

「すまねえ。もう帰るよ。かかあに叱られる」

と、庄助はばつの悪そうな顔をして土間に向かった。

「そうですか。お気をつけて」

巳之助は道具の手入れをしながら、顔だけ庄助に向けて言った。

「妹のこと、ちょっとは考えてくれよ」

庄助は念を押すように言ってから急いで出ていった。

この男は悪い人ではないが、時たま鬱陶しくなることがある。


三日後のことだ。

巳之助は池之端仲町の木戸番をくぐり、「いかけえ」という声をかけると、すぐに女が角から駆け出してきた。

「錠前でしたね」

「そう」

巳之助は女に付いていった。

角を曲がると女の二階家がある。門を入ると、小さな庭があって、玄関までの間に飛び石が六つあった。

家の中に入ると、すぐ階段があって二階にあがり、部屋に入った。八畳ほどの部屋の中には、使っていない化粧台や箪笥などがあった。

「これなんだけど」

女は壁際に置いてある腰の高さほどの箱を指した。その箱に小さな錠が掛かっている。

巳之助は道具箱から、細い釘を取り出した。

箱の前に正座すると、釘を錠に差し込み、無言で作業に取り掛かった。

「出来そうかい。今まで何人も錠前屋さんに頼んだけど駄目だったのよ」

女が顔を近づけてきた。女の息が巳之助の頬に掛かった。

「たしかに、複雑な錠前ですが」

と、巳之助は言いつつ、この錠前を簡単に開けてしまうと後で足が付くようなことにならないか気になったが、もうすぐ開きそうなのでそのまま続けた。

カチャッと音がした。

「わあ、嬉しい」

女は今にも抱き着いてきそうな勢いだった。

「開くかどうか確かめてみてください」

と、巳之助は避けるように立ち上がった。

「いや、いいの」

「開かなければすぐ直しますから。その方が手間はないでしょう」

「そうだけど、大した物は入っていないから」

「そうですか」

巳之助は答えた。

「それより、お前さん、疲れただろう。ちょっと休んでいかないかい」

女が妙に色気づいた声で誘ってきた。

「いえ、これから回らなくちゃならないんで」

「少しならいいだろう」

「約束があるんです」

巳之助は振り切るように言った。

「そうかい。じゃあ、また今度うちに来ておくれ。今日のお礼がしたいから」

女が若干不服そうに言った。

「ええ」

巳之助は頭を軽く下げて、その家を後にした。

途中で振り返ると、女が戸口からずっと見送っていた。巳之助は軽く会釈をして、あの親子のもとに向かった。

二

翌日の昼過ぎ。

江戸の町は師走の雨に濡れて、やけに冷え冷えしていた。着物に綿を詰めても、襦袢の下に重ね着しても寒くて堪らなかった。

大川は昨日よりも水嵩が増して、流れが速かった。舟宿では、流されないように舟がしっかりと係留してあった。大川に舟を浮かべて雪見をする商家の旦那方も年の瀬でそれどころではなくなる頃だ。

松永九郎兵衛《まつながくろべえ》は浅草花川戸の古びた蕎麦屋で酒を呑んでいた。ここに来るのは久しぶりだった。店の亭主は九郎兵衛のことを全く覚えていないようだった。女将と女中もよそよそしかった。

九郎兵衛は目つきが鋭く、左の頬に刀傷のある浪人だ。歳は三十、屈強な体つきである。白い着物に太い縞の袴を穿いている。

店の中には、武士が一組と、商人が二組いた。

九郎兵衛はいつもの癖でふと聞き耳を立てていた。地獄耳と周囲から言われるほど、小さな声でも拾うことが出来る。この盗み聞きが仕事を探してくるときに役に立つのだ。

だが、今は大した会話はなかった。

外では雨の音が強まっていた。

その時、入り口の引き戸が開いた。

雨に濡れた若い男女が入ってきた。

女は抱きしめれば折れてしまいそうな線の細い体で、顔には幼さが残っている。温かな風合いの結城紬を着ていて裕福な家の娘と見える。

一方、男の方は大きな目で、鼻筋が通っていて女好きのする眉目だ。黒の着物に黒い羽織を粋に着こなし、遊び慣れているのかどこか洒落て見えた。

「いやあ、参ったな」

「こんなに降られるとは思ってもいませんでした」

と言いながら、ふたりは奥の壁際に座った。

「でも、雨のおかげでお七《しち》ちゃんと長くいられる」

男は微笑んだ。

九郎兵衛は男を怪しんだ。

お七ははにかむように、品書きに目を遣った。

「お七ちゃん、何食べる？」

男は品書きなど見ずに、女を見つめていた。

「かけ蕎麦にします。三津五郎《みつごろう》さんは？」

「俺も同じにする」

三津五郎と呼ばれた男が手を挙げた。

「はい、ただいま」

女中がふたりのところに行った。

その間にも雨宿りだろうか、客が続々と入ってきて店をいっぱいにした。

「いつまでに帰らなくちゃいけないんだい」

三津五郎は気にするようにきいた。

「昼八つ（午後二時）くらいには帰ってくるように言われていますが……」

お七は後に続く言葉を飲んだ。

「じゃあ、そんなに長居できないな」

「でも、大丈夫です」

「本当かい？　また帰りが遅くなると、叱られるんじゃないかい」

「ほっとけばいいんです」

お七は強い口調で言った。

「お待たせいたしました」

女中が蕎麦を運んできた。

三津五郎という男は腹を空かせていたのかすぐに丼を手に取り、

「いただきます」

と、蕎麦に喰らいついた。

お七も蕎麦を口に入れようとしたとき、突然大きな雷が鳴った。

「きゃあっ」

お七が箸を手放して、耳を塞いだ。

三津五郎の口から笑い声が漏れ、

「そんなに怖がらなくても平気だよ」

と、あやすように言った。

「子どもの頃から大嫌いなんです。特に冬の雷は」

「冬の雷？」

「冬の雷の時には、泥棒が現れるっておとっつぁんがよく言っていました」

「へえ、泥棒がねえ」

「何でもうちは二回泥棒に入られたことがあるんですって。どちらも雷の日だったみたいで、きっとどこかに泥棒が入っているぞと雷さまが教えてくれているんだって」

「二回って、それはいつのことだい」

三津五郎が身を乗り出してきいた。

「えーと、一度目は十年以上前です。泥棒に入られた時に奉公人が起きていて、すぐに泥棒を捕まえたそうです」

「十年以上前……」

三津五郎はまるい目を宙に向けて、何か考えているようだった。

「二度目は？」

「数日前です」

「なに、つい最近じゃねえか」

「はい。雷の音で目が覚めて、廊下に出てみたら庭に黒いほっかむりをして脇に何か抱えていた男が立っていたんです。それほど背は高くなく、細身でした」

「お七ちゃんが盗人を見たのか。何もされなかったかい」

「ええ、平気でした」

「ああ、よかった。で、何を盗まれたんだ」

「さあ、おとっつぁんが騒いでいなかったので大したものじゃないと思います。あのおとっつぁんのことですから……」

お七は意味ありげに言った。

「あのおとっつぁんのことっていうと？」

三津五郎が鋭くきいた。

「いえ、何でもないです」

お七は首を横に振って俯いた。

「何だ、気になるな」

三津五郎は、お七の顔を覗きこんだ。

「娘でもおとっつぁんのことはよくわからないんですが、強引で私のことなんかよりもお店のことが大事みたいで……」

「何かあるのか」

「いえ、特には」

「やっぱり、大店を守っていくとなると、娘の幸せなんか考えられないんじゃねえか」

「そうかもしれないです……」

お七は表情を曇らせた。

三津五郎は席を立ち、お七の隣に座った。そして、耳元に口を持っていった。

「ふたりでどこか遠くへ行こうか。親父さんの知らないところへ」

と、周囲に聞こえないように囁いている。

「え？」

お七は驚いたように三津五郎を見た。しかし、すぐに考え込むようにどこか一点を見つめていた。その間、三津五郎は話しかけなかった。ただ、横でお七の顔を眺めていた。

九郎兵衛は妙な違和感を覚えていた。お七には父親との間で何か問題があり、三津五郎がそこに付け込んでいるような気がしてならない。お七はそんな三津五郎を全く疑おうとしない。三津五郎はどこか危険な臭いがする。九郎兵衛の勘が働いた。

「嫌かい」

三津五郎が甘い声で囁いた。

「いえ……」

お七の気持ちが揺れているように見えた。

九郎兵衛はわざと咳払いをした。

ふたりがこっちを見た。だが、すぐに顔を戻しお互いを見つめはじめた。

やがて、雨の音が聞こえなくなってきた。

「今は止んでいるようだ。出よう」

「はい」

「千住の方から日光街道へ行こうか。それとも、板橋の方に行こうか」

「どちらでも……」

ふたりの間に妙な緊張感が漂っていた。特に、お七の口数は少なくなった。

三津五郎は勘定を済ませると外に出た。

店の前でふたりは佇み、話している。その微かな話し声も九郎兵衛の耳は全て拾っていた。

「吾妻《あずま》橋を越えてちょっと歩けば姉の家があるから、付いてきてくれないか。とりあえず、今夜はそこに泊まって考えよう」

「でも、やっぱり」

「とりあえずそこで決めてくれ。姉貴の家に泊まるから変な真似はしねえ。帰りたくなったら送ってやるから、とりあえず姉貴の家に行こう」

ふたりは歩き始めたようだ。

九郎兵衛は立ち上がり、勘定を済ませて外に出た。

雨は止んでいたが、肌に突き刺さるような寒さであった。遠くの方では雲の切れ間から陽が覗いていた。

地面がぬかるんでいる。

少し先にふたりの姿が見えた。お七は片手で裾を摘まんで歩き、三津五郎は尻端折りをして、お七の手を取りながら角を左に曲がった。

九郎兵衛はゆっくりつけていった。

あの男は噂に聞いたことのある浮名《うきな》の三津五郎ではないか。金持ちの娘に近づいて、親から金を強請《ゆす》るらしい。

いつもであれば人通りの多い花川戸も、雨のせいで人影は疎らだった。行き交うのは、荷物を背負った商人のみである。

三津五郎とお七は吾妻橋を渡り始めた。

長さ八十四間（約百五十メートル）、幅三間半（約六・四メートル）の橋である。この橋の向こうの墨堤には葉を落とした桜の木々が並び、その先には武家屋敷が立ち並んでいる。

吾妻橋を渡り、肥後新田《しんでん》藩下屋敷の前を左に曲がり、福井藩下屋敷を通り過ぎて、源森《げんもり》川にかかる橋を渡った。

すぐに大きな武家屋敷が見えた。

水戸藩下屋敷である。

その裏手にふたりは行った。

小梅村だ。見渡す限り、田圃《たんぼ》が広がっていた。閑散として、百姓家がまばらに建っている。三津五郎とお七は小さな池の前に水車のある小屋に入っていった。


九郎兵衛は小屋の後ろに回り込み、窓の隙間から中を覗いた。

三津五郎とお七、そして二十代後半の背の高い女が火鉢を囲んでいた。姉というのは、やけになまめかしい表情の女だ。三津五郎とはあまり顔が似ていない。姉というが怪しいものだ。

「姉貴、一晩泊まらせてくれ」

三津五郎が頼み込んでいた。

「何があったんだい」

姉が優しい口調で三津五郎とお七を交互に見てきいた。

「お七ちゃんが家に帰りたくない事情があるらしいんだ」

「そう、何があったか知らないけど、お七ちゃんここでゆっくりしておくれ」

姉がお七に声を掛けた。

お七は姉に頭を下げた。

「あ、そうだ！」

三津五郎が突然思い出したように声を上げた。

「どうしたんですか？」

お七がきいた。

「ちょっと悪いがこの近所の親方のところに行かなきゃならない用事を思い出した。すぐ戻ってくるから、ちょっと待っててくれ。姉貴、お七ちゃんを頼む」

三津五郎は急いで小屋を飛び出した。

九郎兵衛は三津五郎をつけた。

吾妻橋を渡ると、駒形の方に曲がり、蔵前の通りを行った。浅草橋の手前まで来ると右に折れた。

（近くの親方に用があると言っていたのに……）

そして、神田川沿いを上流に向かって歩いた。

九郎兵衛は三津五郎が嘘をついたことを悟った。

やがて、三津五郎は神田佐久間町に入り、正面に紺色の暖簾が下がっている大きな土蔵造りの商家の前にやってきた。

薪炭問屋の『亀田屋』だった。

三津五郎は懐から簪《かんざし》を取り出すと、文に包み店に投げ込んだ。そのまま駆け足で立ち去った。

(なるほど、そういうことだったのか)

九郎兵衛は全てを見通した。

雲間から真っ赤な夕陽が『亀田屋』を照らしていた。


四半刻(三十分)待った。

九郎兵衛は『亀田屋』の暖簾をくぐった。土間には薪炭などが積み上げられており、一部は表にまではみ出していた。しかし、その薪炭をすぐに荷を担いだ者や、大八車を引いた者が運んでいった。

店内では、奉公人が慌ただしく働いていた。

四十過ぎの番頭風の男が九郎兵衛に気が付いて、

「いらっしゃいまし」

と、頭を下げて駆け寄ってきた。

「旦那はいるかい」

九郎兵衛の野太い声が店に響いた。

「はい。どのようなご用でしょうか」

「娘のことだと伝えてくれればわかるだろう」

「えっ」

番頭が目を見開いた。

「怪しい者じゃない。俺は旦那を助けに来たんだ」

「旦那さまとはご面識が？」

「ない」

九郎兵衛は言い切った。

番頭は考えるような顔をした。

「だが、旦那には俺の力が必要なはずだ。俺は相手のことを知っている」

九郎兵衛が自信に満ちたように言った。

「あなたさまのお名前は」

「松永九郎兵衛だ」

「少々お待ちくださいませ」

番頭は不審そうな顔をしながらも、奥に下がっていった。

九郎兵衛は店内を見回した。

雨が上がったからか、夕方だというのに、奉公人たちがひっきりなしに動いている。

やがて、番頭が戻ってきた。

「松永さま、旦那さまがお会いになるとのことです」

「うむ」

九郎兵衛は刀を鞘ごと腰から外して、番頭に連れられて廊下を進んだ。

「随分大きな店だな……」

「おかげさまで」

そんな話をしていると、番頭は中庭が見える部屋の前で立ち止まった。庭に目を遣ると、おやっと思った。至る所に鉤が取り付けられていて、床下には鳴子の紐が置かれていた。

「どうぞ」

番頭が障子を開けた。

九郎兵衛は我に返って、中に入った。

白髪交じりの恰幅のいい男が、険しい顔で座っていた。これが旦那の与兵衛であろう。大店の旦那という威厳に満ち溢れていた。

九郎兵衛はゆっくりと部屋に入ると、与兵衛と向かい合わせに座った。

「下がっていい」

与兵衛は番頭に言い付けた。番頭はお辞儀をして、去っていった。

「松永さま、娘のことで何かご存知なのですか」

与兵衛は九郎兵衛の顔を確かめるように見た。

「さきほど、文が投げ入れられただろう。おそらく、娘を預かっているとでも書いてあったのではあるまいか」

「どうしてそれを」

「娘の居場所を知っている。どうだ、拙者に任せてみないか」

「もし、助けて頂けるのであれば、願ってもないことですが」

与兵衛は不審そうな目を向けた。

「拙者を信用できぬか」

「いえ、そういうわけでは」

「では、任せるな」

九郎兵衛は半ば強引に相手を頷かせた。

「ただで娘を助けるというのも出来ぬ」

九郎兵衛は相手を睨みつけて言った。

「おいくら必要でしょうか」

与兵衛がきいた。

「百両ほど頂こうか」

「百両……」

「娘の命を考えれば安かろう。すぐに取り戻してみせる」

「本当に無事に戻して頂けるのでしょうね」

与兵衛が心配そうにきいた。

「もちろん」

「わかりました。お願いします」

与兵衛が頭を下げた。

「では」

九郎兵衛は部屋を出た。


陽がだいぶ傾いていた。冷たい風が吹いており、大川に凍えるような波が立っていた。九郎兵衛は早足で、小梅村に向かった。行き交う人々の足も速かった。

三津五郎は小梅村に帰っているだろうか。

いや、『亀田屋』から返事をもらわなければならないから神田佐久間町の近所にいるのではないか。だとすれば、相手は見張りの女ひとりだから仕事が早く済む。

もちろん、あの男がいたところで九郎兵衛にとって差し障りはない。

九郎兵衛が来た時と同じように、神田川沿いを浅草橋まで戻り、大川沿いに吾妻橋まで行こうとした時だ。

途中の駒形堂の前あたりで弟分の半次《はんじ》を見かけた。韋駄天《いだてん》の半次と呼ばれる二十七、八の博徒である。面長で耳が横に大きく張っていて、背が高く、脚が長かった。

「半次、ちょうどよかった」

九郎兵衛は声を掛けた。

「三日月の旦那、寒いですね。どうしたんです」

三日月兼村《かねむら》という名刀を持っていることから、世間では三日月九郎兵衛と言われている。

「小梅村までついてこい」

「へい。何をするんですか」

「道々話す」

九郎兵衛はそう言い付けると再び歩き出した。

吾妻橋を渡って、肥後新田藩の下屋敷の前を左に曲がりそのまま真っすぐ、源森橋を越えて小梅村の小屋に辿り着いた。

小屋の中には灯りが点っていた。話し声のようなものは聞こえない。

周囲を見渡して誰もいないことが分かると、名刀三日月の柄《つか》に手を添えながら小屋の戸の前に立った。

息を整えて、戸を開けた。

火鉢の前に座るふたりの女が恐いものを見る目を向けた。九郎兵衛は三津五郎の姉だという女が、お七の体を縛っているのではとも考えていたが、そんなことはなかった。

九郎兵衛はずかずかとお七に近づいた。

「助けに来た。拙者についてで参れ」

「誰よ、あんた」

姉が鋭い口調で言い、簪を抜いた。

「動くな」

九郎兵衛は睨みつけた。

姉は諦めたように簪を持った手を下ろした。

「半次」

九郎兵衛が呼びかけると、半次は返事をして、姉に近づいて簪を取り上げた。

「三津五郎からお前を『亀田屋』に送るように頼まれたんだ」

九郎兵衛はお七に手を伸ばした。

「そんなはずは……」

「だが、すぐに帰ってくると言っていたのに、まだ帰ってこないだろう」

お七は答えなかった。

九郎兵衛はお七の手を半ば無理矢理引いて小屋を出た。

「さあ、行くぞ」

九郎兵衛は歩き始めた。

すぐに半次が追いかけてきた。

「女は縛っておきました。ちょっと、いい女ですよね」

「余計なことを言うな」

九郎兵衛は軽く叱りつけるように言った。

ふたりは、お七を挟んで歩き始めた。

吾妻橋を渡ったときに、

「父から頼まれたのですか」

と、お七がきいた。

「黙ってついてこい」

九郎兵衛は言い放った。

浅草橋の手前で右に折れ、神田川沿いを上流に向かって歩き、新シ橋、和泉《いずみ》橋を横目に、神田佐久間町に着いた。その間、お七は一言も発することがなかった。

三人が『亀田屋』に着くころには、空はすっかり暗くなっていた。


『亀田屋』の大戸は閉まっていた。九郎兵衛はくぐり戸を叩いた。

戸が中から開けられた。

九郎兵衛はお七を連れて入った。

番頭らが出迎えていた。

「お嬢さま！」

九郎兵衛とお七が入るなり、番頭が声を上げて駆け寄ってきた。お七は戸惑ったような顔をして、唇を軽く噛んでいた。

「旦那は？」

九郎兵衛は番頭に不思議そうにきいた。

「奥の部屋です」

番頭が答えた。

「半次、ご苦労だった」

九郎兵衛はお七を連れて、昼間来たときに通された部屋に行った。廊下に九郎兵衛の重い足音と、お七の擦るような足音が響く。

障子を開けた。

部屋の中には与兵衛と、他に男がふたりいた。ひとりは四十過ぎの羽織に着流し姿の同心の関小十郎《せきこじゅうろう》だ。面長で口角が上がって、顎が尖っている。もうひとりは一度狙いを定めたら鼈《すっぽん》のように離れない岡っ引きの駒三《こまぞう》だ。

九郎兵衛は平静を装っていたが、まさかここに同心と岡っ引きがいるとは思わず、内心では慌てていた。

「お七！」

与兵衛はお七に近づき、力いっぱい抱きしめた。そんな父の顔を遠ざけるようにして、

「これはどういうことなんですか」

お七が与兵衛にきいた。

「お前は連れ去られていたんだろう」

「違います。私は……」

「疲れているだろうから、下がっていろ」

母親が来て、お七を連れていった。

「それにしても、ありがとうございます。見ず知らずのあなた様に助けていただくとは何とお礼を言っていいかわかりません。本当にご親切にありがとうございます」

与兵衛が頭を深々と下げて、

「これはほんのわずかですけど」

と、懐紙に包んだ金を差し出した。

「これは？」

九郎兵衛は顔色を変えた。一両くらいの厚みしかない。

「お礼でございます」

「いや、話が」

九郎兵衛は一両に目を遣った。

与兵衛に何か言おうとしたとき、

「松永殿と言ったな」

同心の関小十郎が口を挟んだ。

九郎兵衛は関を見て頷いた。

「娘はどこにいたんだ」

「亀戸《かめいど》村の方です」

九郎兵衛はわざと別の場所を言った。

「亀戸村のどこだ」

「亀戸天神の近くの空き家です」

「どうして、そなたはそのことを知ったんだ」

「亀戸天神で女を無理やり連れ込んだ男がいたので、そいつの後をつけたら『亀田屋』に辿り着きました。それから、男が投げ文をしたので、旦那に確かめたんです」

関は疑わしそうな目で見ていたが、何も言わなかった。

「松永さまはどこに住んでいるんですね」

岡っ引きの駒三がきいた。

「駒形町の裏長屋だ」

「もう帰ってもいいぞ」

関が言った。

「しばし、旦那と話が」

九郎兵衛は同心をちらっと見たが、すぐに顔を与兵衛に向けた。しかし、与兵衛は九郎兵衛と視線を合わせようとしなかった。

「ふたりきりで話があるのだが」

九郎兵衛はもう一度与兵衛に言った。

「ここでしてもよかろう」

関が再び口を挟んだ。

「いえ、あまり人前では言えないことなんで」

九郎兵衛は適当に答えた。

「人前で言えない？　まさか、親切ごかしに、旦那に謝礼金を出させようという魂胆ではあるまいな」

関の目が鋭く光った。その隣で駒三も険しい顔をしていた。

「いえ、そんなことはございません」

九郎兵衛は静かに答えた。

「それなら、いいのだが。最近、人の窮状に付け込んで金を強請る輩がいると聞くから、確かめたまでだ」

関は突き放すように言った。

九郎兵衛は与兵衛を睨みつけるようにした。むかむかと怒りがこみ上げてきたが、同心がいるので何も言い返すことが出来なかった。

「では、ここらで失礼致す」

九郎兵衛は一両を摑んで部屋を出た。

「本当にありがとうございました」

という与兵衛のわざとらしい声が聞こえてきた。

店を出ると、当てが外れたような顔をして一両を懐にしまい、歩き出した。雲は流れ、澄んだ夜空には細くて白い月が光を放っていた。

九郎兵衛は月を眺めつつ、どこでしくじったのか考えながら帰途についていた。

ふと、後ろから誰かがつけてくる気配がした。

(岡っ引きの駒三の手下か。俺を疑っているのだな)

仕方がないので、追っ手を撒くために歩き回った。

三

犬の遠吠えが聞こえたが、辺りは静寂に包まれていた。三津五郎は約束の時刻よりも四半刻（三十分）ほど早く、神田明神の裏参道の鳥居から指定の場所である空き地を眺めた。

簪と共に投げ入れた文で、お七の命と引き換えに五百両を要求した。神田同朋《どうぼう》町《ちょう》の空き地の柳の木に返事として文を括り付けておくように指示した。

おやっと思った。

空き地の近くで、身を潜めるように岡っ引きらしい男の姿が見えた。

(まさか、与兵衛が町方に訴えたのではないか)

与兵衛は娘のことをどう考えているのだろうか。

三津五郎はお七と出会った後に、『亀田屋』について調べた。

『亀田屋』の当主は与兵衛という五十三の男である。房州の生まれで、九つの時に『亀田屋』に奉公し、二十五歳の時に婿養子に迎えられ、三十で『亀田屋』を継いだ。その後、『亀田屋』は旗本の河村出羽守《かわむらでわのかみ》に取り入って商売を広げ、さらに店は大きくなった。今では江戸で五本の指に入るほどの大きな薪炭問屋となった。

三津五郎は普段はこのような真似はしない。大店の娘に近づきその気にさせた後で、小春《こはる》を乗り込ませ、「私の男をたぶらかしてどうしてくれるんだ」と騒がせる。相手の親から手切れ金を出させるという手口で金を得ていた。

先月、両国広小路で小春が十八くらいの娘の財布を掏《す》り、三津五郎が拾った振りをして近づいた。その女が『亀田屋』の娘だとわかり、かどわかしを思いついた。

今日も三味線の稽古が終わる昼過ぎにお七と待ち合わせをした。そして、事はうまく運び、小梅村の小屋に連れ込むことが出来た。

そこまでは何の抜かりもないはずだった。

急いで小梅村に戻り、お七を他の場所に移し、これからの打つ手を考えなければならない。神田明神の参拝客のような振りをしてゆっくり階段を降り、空き地の横を通った。

角で待ち伏せしていたのは、この界隈を縄張りとする岡っ引きの駒三という男だった。今までにこの男と関わったことはなかったが、三津五郎は顔を合わせないように傍を通り過ぎた。

それから鳥越《とりごえ》明神の方から駒形へ抜け、吾妻橋に差し掛かった。

橋の向こうから背の高い女がやってきた。

「小春？」

三津五郎が呟いた。

小春は小屋で見張りをしていたはずだ。

三津五郎は見間違えだろうかと、もう一度その女を見た。

やはり、小春だった。

「あ、三津五郎さん」

小春は三津五郎に駆け寄ってきた。

「どうしたんだ」

三津五郎は嫌な予感がした。

「大変なの。女を盗まれたの」

「盗まれた？」

「ええ、浪人と子分のような男がやってきて」

「みすみす奪われたのか」

「相手は強そうな浪人だもの。私も縛られたけど、解いてきたわ」

「どんな浪人だった」

「三十くらいの大柄で目つきが鋭くて、白い着物に太い縞の袴を穿いていた。そうそう、左の頬に傷があった」

「左の頬に傷？」

蕎麦屋にいた浪人の姿が脳裏をかすめた。

「三津五郎さん」

小春が話しかけてきた。

「うるせえ、黙ってろ」

三津五郎は怒鳴った。小春は不貞腐れたように押し黙った。

「小梅村に行くのは危ない。帰ろう」

三津五郎は上野の方に向かって歩き出した。小春は三津五郎についてきて、袖を摘まんだ。三津五郎は邪険に振り払った。

ふたりは武家屋敷が建ち並ぶ一帯を通り、元黒門町までやってきた。そこの裏長屋に三津五郎の住まいがある。長屋で話し合いをするのも誰に聞かれるかわからないので、長屋の近くの稲荷へ行った。

稲荷には誰もいなかった。

三津五郎は段々と事の次第がわかってきたような気がした。

「こうなったら、俺たちがその浪人が受け取った金を奪うまでだ」

「でも、浪人がどこのどいつなのか、わからないじゃない」

「顔はわかっているんだ」

「もしかして、江戸中を歩き回って探そうってわけなの」

「花川戸の蕎麦屋にもいたのだから、多分下谷周辺に住んでいるはずだ」

「三津五郎さんが探し回ると言うなら私も手伝う」

小春はすがるように言った。

「今から盛り場や賭場を巡ってみる。どうせ、あぶく銭だ。すぐに使っちまうだろう」

三津五郎は冷静さを取り戻した。

五百両を奪えなかったのは悔しいが、また他の方法で手に入れよう。今はお七を奪った浪人から金を盗ることだけを考えて、三津五郎は盛り場に繰り出していった。

翌日の夕方。

三津五郎は元黒門町の路地木戸をくぐった。

雪がちらほら降り始めてきたが、そこまで大雪にはなりそうにない。まだ出かけられると思った。

三津五郎は家の前に立った時、中から物音がするのに気が付いた。

腰高障子を開けて中に入った。

「おかえり」

小春が火鉢で暖を取っていた。

「もう来てたのか。一段と冷え込んできたな」

三津五郎も火鉢の前にしゃがんだ。小春は三津五郎にすり寄ってきた。

「何かわかったか」

三津五郎は、かじかんだ手をかざしながらきいた。

「だめ、まったく」

小春は首を横に振った。

三津五郎は昼間に小春を吉原に行かせていた。まとまった金が入ったので、さっそく遊んでいるのではないかと思ったが、当てが外れた。

「三津五郎さんは？」

「庄内藩中屋敷の中間《ちゆうげん》部屋で開かれている賭場に出入りしているかもしれないことだけはわかった」

昨夜は神田あたりの盛り場を探し、今日の昼間は千住と深川に行った。ただ、深川の左官職人から庄内藩中屋敷の中間部屋で似たような浪人を見たことがあるということを聞いた。夜になったらその賭場へ顔を出してみようと思った。

「金がたんまりと入ったばかりだから、今夜は現れないんじゃないかしら」

「いや、出入りしている者たちから、何か聞きだせるかもしれない」

三津五郎は小春の手をしなやかに解き、

「飯でも食わせてくれ」

と、命じた。

小春は朝の残りの飯を茶づけにして出してくれた。食べ終わって一服してから、
三津五郎は着替え始めた。

「どうしたの？」

小春がきいてきた。

「賭場に行くんだ。少しは洒落っ気を出していた方がいい」

「勝負しに行くわけじゃないんだから、いいじゃない」

「よかないよ。そういう細かいところにも気を遣えるようじゃないといけねえ」

「まさか、女のところに行こうとでもしているんじゃないでしょうね」

「何を馬鹿なこと言ってんだ、まったく……」

三津五郎は呆れて言った。

「私もついていくわ」

「だめだ」

「じゃあ、私は何をすればいいのさ」

「両国広小路の盛り場で探してくれ」

三津五郎は小春に命じて、帯を締め終えると、

「俺はもう出る」

土間に向かった。

「ちょっと待って、それなら私も」

ふたりは一緒に家を出た。和泉橋まで行き、神田川を下流に向かった。新シ橋を過ぎると、庄内藩の中屋敷の白壁が見えてきた。ちょうど、宵五つ（午後八時）になるころだった。

「後で迎えに来てね」

小春と別れて、白壁沿いにぐるっと裏口に回った。

三津五郎は合図の石を白壁の中に投げ入れた。

裏口の中から出っ歯で小柄な中間が出てきて、中に入れてくれた。

三津五郎は辺りを気にしながら、音を立てないように入った。

金を駒札に替えて、盆茣蓙《ぼんござ》の前に座り、ざっと辺りを見回した。浪人はいなかっ

た。

中間部屋は十畳ほどであったが、客がぎっしり詰まっていて、熱気がすさまじかった。座ったばかりなのに、汗が額から流れてきた。

「さあ、どちらさんも、どちらさんも」

掛け声が聞こえた。

一度、場をやり過ごしてから、次は半に賭けた。

「半！」

と、声がかかった。

次は丁と賭けた。

その通りになった。

さらに、三津五郎は丁と賭けた。しかし、外れた。三津五郎は初めから勝負する気はなかったので、あっさり引き下がった。

部屋の隅で煙管を吸いながら博打を見ている面長で耳が横に大きく張っている男の隣に座って声を掛けた。

「よくここには来るのかい」

「時たま」

「じゃあ、他のところでもやっているのか」

「日によって変えている」

「ふうん」

三津五郎は世間話のような返事をし、

「そういや、三十くらいで左の頬に傷がある大柄の浪人を知っているか」

と、さりげなく尋ねた。

男は考えるような顔つきをして、

「探しているのか」

「ああ」

「どんなことでだ。もし、困っているなら俺が皆にきいてやろう」

「いや、そんな大したことじゃねえ」

三津五郎はあっさり引き下がった。

「そうか」

男は立ち上がり、胴元に会釈して出入口に向かった。出ようとしたときにちらっと三津五郎を見た。

三津五郎は少しの間、中間部屋に留まり、他の者にきき込んだ。たしかに、似たような男を見たことがあると言っていたが、どこの誰だかは分からないと言われた。

「今日はついてねえ」

三津五郎は聞こえよがしに言って、中間部屋を後にした。

庄内藩中屋敷を出た。

雪は止んで月が覗いていた。だが、風が強く、月が雲に見え隠れしていた。両国広小路に小春を迎えに行こうと新シ橋まで来たとき、正面から小春が歩いてきた。

「いなかったわ」

小春が残念そうに言った。

「俺の方も男に繋がることは聞けなかった」

「これから、どうしましょう」

小春が戸惑ったようにきいた。

「お前さん、もういいよ。あとは俺がやるから」

三津五郎は突き放した。

「いや、私だってあの浪人に仕返ししたい」

「とりあえず今夜は帰る。送っていってやるよ」

小春の住まいは鳥越明神の近くにある裏長屋だ。三津五郎は元鳥越町に足を向けた。

「泊まっていけば」

「遠慮しておく」

「どうしてさ」

「俺とお前に男女の関係はないんだ」

三津五郎が冷たく言い放った。小春は寂しそうな顔をして、三津五郎を小憎らしそうに睨んだ。

三津五郎は構わず歩き続けた。

「あっ」

小春が急に足を止めた。

「どうした」

三津五郎は小春を見た。小春は正面を向いて固まっていた。三津五郎は小春の視線を追うと、前方に白い着物に太い縞の袴を穿いた浪人が歩いていた。

「あいつか」

探していた浪人だ。

三津五郎は浪人のあとをつけた。

「私も」

小春もついてきた。

浪人は茅町《かやちょう》から浅草御蔵の方に歩いていく。

その道は、人通りが絶えて静かであった。微かに積もった雪を踏む浪人の足音が聞こえた。三津五郎は自分の足音に気を付けた。小春も巧妙に足音を消していた。

やがて、浪人は駒形町に差し掛かり、駒形堂の脇から大川の方に折れた。

三津五郎と小春も続いて曲がった。

だが、浪人の姿はなくなっていて、暗がりが続いている。

「気づかれたか」

三津五郎は辺りを見回しながら道なりに進み、葦が繁っている川っぷちに出た。

ひたと不穏な寒気が漂っている。

ふと、後ろに気配を感じて振り向いた。

「三津五郎さん！」

小春が声を上げた。背後から何者かに羽交い締めにされていた。

「何をするんだ」

三津五郎は小春に駆け寄ろうとした。

「動くんじゃねえ」

小春を押さえている者が叫んだ。

月を覆っていた雲が風に流され、光が差し込んだ。その時、小春を押さえている男の顔が見えた。

「お前は」

三津五郎は睨みつけた。

賭場にいた面長で耳が横に張っている男だった。

「女を放せ」

三津五郎が傍に駆け寄った。

「動くな！」

男はもう一度叫んだ。小春は口を押さえられ、苦しそうに咽《む》せていた。

「手荒な真似をするな」

声がして、男はあっさり小春の口から手を離した。

浪人が現れた。

さっきの浪人だ。

「てめえ、よくも余計な真似をしてくれたな」

三津五郎は懐から匕首《あいくち》を取り出した。

「浮名の三津五郎」

浪人が呼びかけた。

「やっぱり、俺を知ってのことか。『亀田屋』から奪った金を寄越しやがれ」

「そんな金はない。実は俺もお前たちを探していたんだ」

「何だと？」

「お前がさらった女と引き換えに百両をもらう約束を『亀田屋』としていたのだが、女を連れ帰ったら同心と悶っ引きがいて金を貰うことが出来なかったのだ」

「いい加減なことを言うな」

「本当だ」

浪人は鋭い目で睨みつけてきた。

「…………」

三津五郎は神田同朋町の空き地に岡っ引きが張っていたのを思い出した。浪人の言っていることは本当かもしれない。すると、どんな狙いがあるのだろうか。

「俺と組まないか？」

不意に浪人が言った。

「組むだと？」

三津五郎は耳を疑った。

「『亀田屋』に仕返しをするんだ」

「…………」

「ふたりして『亀田屋』にしてやられたんだ。このままじゃ俺も気がすまねえ」

「俺はお前にやられたんだ」

三津五郎が恨みがましく言った。

「そんなこと言わずに俺と組め」

九郎兵衛が命じるように言った。

「…………」

三津五郎は組んでも平気な相手かと見極めようと、

「あんたは誰なんだ」

「俺は三日月九郎兵衛という者だ」

と、浪人は名乗った。

「お前さんが三日月九郎兵衛？」

色々なところで用心棒をしており、腕が立つ浪人がいると聞いたことがあった。

「こいつは？」

三津五郎は長身の男を見た。

「韋駄天の半次だ」

九郎兵衛が言った。

半次は三津五郎を見ながら、軽く会釈した。

「お前さんも俺も『亀田屋』から金を巻き上げるのに失敗した。それなら、ここは組んで大きな獲物を狙った方がいいじゃねえか」

「大きな獲物って、いくら取るつもりだ」

「三万両」

「お前さん、正気か」

三津五郎は呆れたようにきいた。

「ただ、小判で三万両盗もうっていうのではない。それくらいの価値があるものを盗むんだ」

「それくらいの価値があるものというと？」

「天竺茶碗だ」

「天竺茶碗？」

三津五郎が初めて聞く名前だった。

「曜変天目《ようへんてんもく》茶碗に匹敵するくらいの上物だ。新年に茶会が開かれるそうで、その茶会が最後のお披露目になるらしい」

「曜変天目茶碗？」

「なんだ、それも知らないのか。日本に三つしかない最上級品だ」

「どのくらいの価値があるんだ」

「一万両は下らない」

「じゃあ、天竺茶碗をネタに、金を要求するんだな」

「そうだ」

「なんだ、俺のやり方と大して変わらないじゃねえか」

三津五郎は思わず鼻でせせら笑った。

「お前のより確かに金が取れるやり方だ」

「どうだか。あのままいけば今頃は……」

三津五郎は蒸し返した。

「またそれか。お前はせいぜい百両ぐらいを取ろうとしただけだろう。俺のやり方なら、少なくとも三千両は手に入る」

九郎兵衛が自信満々に言った。

「三千両か。面白そうだ」

「組むか」

「いいだろう」

三津五郎は、すっかりその気になった。

「それより、お前は娘に顔と名前を晒して、娘が訴えたらどうしようと思っていたんだ」

九郎兵衛は小馬鹿にするようにきいた。

「娘はかどわかされたと思っていなかったし、俺に惚れているから余計なことは言わない」

「随分、自信があるな」

九郎兵衛は苦笑して、

「まあ、今夜は遅い。明日、いや明後日話そう」

「なんで、明後日なんだ」

「明日は調べたいことがある。明後日、小梅村の小屋に行く」

「待て、小梅村の小屋のことは話してないのか」

三津五郎は意外そうにきいた。

「亀戸村と言っておいた」

「ならいい」

三津五郎が答えた。

九郎兵衛は半次を連れて去っていった。

「なんなのよ、あいつら」

小春は怒っていた。

「面白くなってきたな」

三津五郎は笑みを浮かべながら、ふたりの後ろ姿を見送った。

さっき月が出ていたのに、また雪がちらほらと舞い始めた。

四

翌日の昼過ぎ。雪は止んでいたが、また降りだしそうな空模様だ。風も強くなっていた。神田川の水面は薄く氷を張っている。

巳之助は小川町の武家地を抜けて、小石川橋を渡り、左に折れた。右手は武家屋敷が続いており、神田川沿いを上流に向かった。武家屋敷の塀沿いに掛け声を出しながら歩いていると、舟河原橋の手前に勘定奉行の河村出羽守の屋敷が見えた。

巳之助は東側の正門の前を通る。さりげなく門に目を向けると、門番所の窓から門番が顔を覗かせていた。

それから、長屋塀に沿って歩き、地続きになっている北側にある隣の屋敷の方から回り込み、出羽守の屋敷の裏側に向かいかけた。

その時、裏門から三人の武士が出てきた。

巳之助は咄嗟に木の陰に隠れた。

そっと、様子を窺ってみると、武士たちは南側の表通りに向かった。

巳之助は裏門を通り過ぎて、屋敷の角から武士たちが歩いていった方向に目をやった。巳之助は神田川に近い方に沿って歩いた。

さっきの三人が次の角で踵《きびす》を返し、戻ってきた。

巳之助はそのまま横目で三人を見送った。

見廻りしているのだ、と思った。

なぜこんなに厳重なのだろうか。

何かあったのか。

直接、出羽守の屋敷に乗り込むのは用心した方がいいかもしれないと思った。

半刻（一時間）後、巳之助は池之端仲町に入り、

「いかけえ」

と白い息を吐きながら、黒い塀に囲まれた二階家の裏口を通った。いつも昼過ぎに通るが、今日は途中で色々な客に頼まれごとをしていたので、ここに来るのが大分遅くなった。

「巳之さん！」

二階から女の声がした。

「へい」

巳之助は答えて、裏口の前で待った。

すぐに女は下駄をつっかけて出てきた。

「随分、遅いのね。今日は来ないのかと思った」

「いえ」

巳之助は頭を下げた。

女を見ると、手に何も持っていなかった。

「ちょっと、頼みがあるんだけど」

女は巳之助の手を引っ張るように裏口から家に引き入れた。そのまま二階のこの間の部屋に行った。

部屋に入ると、隅には大きな火鉢があり、部屋はそれほど寒くなかった。巳之助がこの間の箱を見ると、錠前は外れていた。部屋の中を見回したが、直すものはわからなかった。

「ここなんだけど」

女は畳の隙間を指した。

「そこ？」

巳之助はしゃがみこみ、目を近づけた。

「昨日、縫い針をそこに落としちゃって。畳を上げて取りたいんだけど、私の力じゃ厳しいから、悪いが巳之さん上げてくれないかい」

「そんなことですか」

「お願い」

女は声を弾ませて言い、部屋を出ていった。

巳之助は仕方なく畳を上げて、縫い針を拾った。

女が盆に茶を載せて、戻ってきた。

「拾いました」

巳之助は女が近くに盆を置いてから、手渡した。

「ありがとう」

女は化粧台の上に置いてあった財布に手を伸ばした。

「こんなものでお代はもらえませんよ」

巳之助は無表情で言った。

「いいのかい？」

「ええ」

「すまないねえ。お茶を飲んでいってね」

女は座布団を差し出した。

「これから商売がありますし」

巳之助はいつものように断ろうとしたが、

「いいじゃないか、ね」

と、女は強引に巳之助を座らせた。

巳之助はさっさと茶だけ飲んで立ち去ろうと決めた。

「いただきます」

巳之助は湯呑に口をつけた。茶は思っていたよりも熱い。女は笑顔で巳之助のことを見ていた。

「ところで、巳之さんは良い人がいるのかい」

女が目を丸くしてきいてきた。

「いません」

「あら、本当？」

女の声が弾んだ。

巳之助は女と目を合わせずに、茶を飲んだ。

「巳之さんは、私のことを変な女だと思っているだろう？」

女がわざとらしくきいてきた。

「そんなことありません」

「じゃあ、どう思っているんだい」

「どうって言われても……」

巳之助は言葉を濁した。

女はしばらく返事を待っていた。沈黙の間、女の視線を重く感じた。だが、巳之助は答えなかった。

女は巳之助の様子を窺いながら、

「巳之さんの生まれはどこだい」

と、改めてきいた。

「江戸です」

「いまは親と住んでいるのかい」

「いえ」

「兄弟は？」

「いません」

巳之助は短く答えた。

次々と質問をされたが、巳之助は同じように短く返事をするだけであった。

不意にこの女のしつこく物事を問い詰めるようにきいてくるところが、ある女に似ていると感じた。そのとき、苦い思いがこみ上げてきて、思わず胸を擦った。

「寒いのかい。何だか鳥肌が立っているみたいね」

女は心配そうにきいた。

「すみません、ここらで失礼します」

巳之助はそう断って、女の家を後にした。


夕七つ（午後四時）の鐘が寛永寺から聞こえた。雪が再び降り始めてきた。ここ数日、降ったり止んだりしている。

巳之助は普段であれば池之端仲町あたりから本郷の方に抜けるが、今日は早めに切り上げて、日本橋久松町に帰った。

長屋木戸をくぐると、天秤棒を担いだ庄助もちょうど帰ってきたところだった。

「あれ？　いつもより早いんだな」

庄助が意外そうに言った。

「今日は、日が悪くて……」

巳之助は適当に答えた。

「残念だったな。俺はこの通りだ」

庄助は嫌味のない笑みで、空の籠を見せた。

「どうだ、今夜またそっちへ行っていいかい」

「また酒ですか」

「ああ。うちのかかあが酒が嫌いで、呑むなら外で呑んでこいって言うんだ。だからと言って、呑み屋に行くのは面倒だし」

吉原上がりの女で酒が嫌いなわけがない。ただ呑む理由を付けたいだけだと思った。

「今日、出かける用があるので、また今度にしてください」

巳之助は断った。

「この間の話もしたかったのに」

庄助は残念そうに言った。

「この間の話って？」

「妹のことだ。お前さんとお似合いだと思うんだが」

「そのことですか」

巳之助はため息をついた。

「いつなら空いているんだい」

「明日なら」

巳之助は仕方なく答えた。

「明日はちょっと用があるんだ。また今度にするわ」

巳之助は庄助と別れて、家に入った。

こんな天気のせいなのか、いつも以上に寒々としていた。それに、すきま風も入ってくる。

部屋の中を見回すと、しっかり閉めた障子の先の雨戸が微かに開いていた。

一瞬、心の臓を鷲摑みにされたような思いがして、慌てて流しに向かった。

(天竺茶碗!)

心の中で叫んだ。

だが、天竺茶碗はそこにあった。

巳之助は全身の力が抜けるような感じがするとともに、まさかこんなところに盗みに入る奴がいるわけがないと改めて思った。

天竺茶碗に布巾を被せ、流しの脇に戻した。

それから、雨戸を閉めようと奥に進んだ。坪庭に雪が僅かに積もっていて、葉牡丹が雪にまみれて頭を垂れていた。

十七年前の光景が蘇った。

巳之助が八歳の時だ。

さっき、生まれは江戸と池之端仲町の女には言ったが、実は木曽の生まれだ。それに、三つ上の兄がいた。

父は腕の良い彫り物師だったが、巳之助が七つの時に家を出て、飯盛り女と一緒になったと聞く。

それから、母は酒に溺れておかしくなった。父に似ているということで、巳之助と兄を殴ったり、蹴ったりした。だが、そんな母も男をこしらえると、子どもふたりを置いて家を出ていった。

その後、数か月は近くに暮らす親戚に引き取られて暮らしていたが、その親戚からも冷遇されたので、同じ年の年末に兄とふたりで親戚の家を出て、口入屋の世話で江戸に行くことになった。

それからのことは、巳之助は思い出したくもなかった。

木曽を離れて最初に泊まった宿の庭に、雪が積もった葉牡丹が頭を垂れていた。兄とふたりで心細さに震えながらずっと見ていた。

その兄はすでに亡くなっている。兄も不幸な一生だった。

世の中、阿漕《あこぎ》な奴が得をしている。いつも馬鹿を見るのは真面目な者たちだ。それが無性に腹立たしい。そんな奴らに、ひとりで仕置きをしているつもりだ。

今夜は河村出羽守の屋敷に忍び込む。あの河村出羽守も『亀田屋』と結託して、やりたい放題だ。

まだ夜更けまでには随分間がある。朝の残りの飯を茶づけにして食べて腹ごしらえをした。

夜になって、一段と冷えてきた。雪が踝《くるぶし》あたりまで積もり、辺りはしんとしていた。巳之助は防寒のために重ね着をして、久松町の長屋を出た。

灯りが雪に反射して、かえって眩しかった。

昌平橋を越え、神田川をずっと上流に向かって歩き、舟河原橋の手前の旗本河村出羽守の屋敷にやってきた。暁九つ（午前零時）のことだった。

門番所の中から灯りが漏れていた。

巳之助は北側に移動した。河村出羽守の屋敷は見張りが厳しくて直接忍び込めそうにないのは、昼間来た時にわかっていた。

隣の地続きになっている武家屋敷の白壁の瓦に鉤縄を引っかけ、壁を乗り越えた。

巳之助は出羽守の屋敷の境の塀に向かって走り、さっきと同じようにして塀の上にあがった。

出羽守の屋敷の庭に三人の見張りが見えた。

巳之助は音を立てないように壁の上を伝い、見張りの者から死角になる敷地の隅にある蔵の脇に降り立った。

巳之助は蔵に取り掛かった。懐から細い釘を二本取り出して鍵穴に差し込み、まわし始めた。すぐに錠前が外れ、蔵に入り扉を閉めた。

巳之助は火縄に火を点けた。

所狭しと様々なものが積み上げられていた。

(これらは全て賄賂だろう)

不快に思った。

奥に掛け軸や武具などがあったが、今日は土蔵の中にどういうものがあるかを調べるだけなので、手を付けなかった。手前の方に文箱がいくつか並んでいた。そのひとつを取って、火縄の灯りで書類に目を通した。『亀田屋』に関するものはなかった。他の文箱も探したが、それらしきものはない。

やはり、母屋だ。

蔵を出て錠前を元に戻した。母屋に向かって走り、床下にもぐりこんだ。庭は厳重に見廻っているが、屋敷の中の見廻りは今のところいないようだ。腹這いになって進んだ。頃合いを見計らって、耳を澄ますと寝息や物音が聞こえなかったので、床板をずらして上に出た。見回すと、柳行李や簞笥などがしまってあった。

巳之助は簞笥に足をかけて、天井裏に入り込んだ。

一部屋ずつ下を覗きながら進んだ。女中たちが寝ているのが見えた。女中部屋の二間隣には女がひとりで寝ていた。激しい咳にうなされていた。有明行灯がほのかに灯って、枕元には鈴があるのが見えた。何かあれば女中を呼ぶのだろう。部屋中に煎じた薬の匂いが立ち込めていた。奥方らしい。

その部屋からしばらくは廊下が続き、それを進んでいった部屋から大きないびきが聞こえてきた。

巳之助は下を覗いた。

枕元に行灯がついたまま、五十ちかくの白髪交じりの恰幅のよい武士が、羽毛の入った絹の布団で眠っている。河村出羽守だ。寝顔の眉間にも皺が寄っているのが、薄闇の中でもわかった。

巳之助は移動して、その隣の部屋を覗いてみた。誰もいなかったが、部屋の隅に文机が据えられていた。

そこへ静かに飛び降りた。すぐさま、壁に耳を当てた。

相も変わらず、いびきが聞こえる。

巳之助は素早い手つきで、文机の上に置いてある文箱の中を探してみたが『亀田屋』と交わされた書類はなかった。

どこか他の部屋だ。

巳之助はその部屋をそっと出た。

不意に鈴が鳴り、出羽守のいびきが止んだ。

巳之助は、はっとした。

すぐに隣の部屋から、衣擦れの音が聞こえた。巳之助は急いで廊下を寝間と反対方向に進み、角に隠れた。

障子が開く音がした。足音は遠ざかっていく。

巳之助は顔を少し出して様子を窺った。

出羽守は寝ぼけているのか、ふらふらしながら歩き奥に進んでいった。この先には厠《かわや》がある。

巳之助は見送ってから、こっそり出羽守の寝間に入った。

床の間の前には手文庫があり、そこを探した。

五十両があるだけで、『亀田屋』と交わした文書は見つからなかった。

巳之助は金を懐に入れた。

もう戻ってくるころだ。

巳之助は急いで鉤をひっかけ、縄をよじ登って天井裏に入った。それから、納戸《なんど》に戻ろうとした。

その途中、

「殿様、ご勘弁を」

と、下から女の声がした。

巳之助の足が思わず止まった。

そっと下を覗くと、廊下で出羽守が若い女の着物を引っ張っていた。娘は抗っているが、出羽守は意に介さない。

巳之助は無性に腹が立ってたまらなかった。懐から釘を取り出し、出羽守めがけて投げようとした。

その時、また鈴が鳴った。

「奥方さまが……」

若い娘は、か細い声で言った。

出羽守は無視して、帯を解いた。だが、廊下から足音が聞こえると、若い娘から離れて、寝間に戻っていった。

巳之助は天井の板を元に戻して、その場を離れた。

四半刻（三十分）後、巳之助は神田川沿いを歩いていた。

第二章　横取り

一

　翌日の昼頃、小梅村の小屋に三津五郎《みつごろう》と小春《こはる》が着いた。昨夜から降ったり止んだりしていた雪は明け方には止んで、晴れ間が広がっている。朝陽に雪が照り返していた。江戸の町は一面雪化粧をしていた。

　三津五郎と小春は火鉢に当たり、九郎兵衛《くろべえ》と半次《はんじ》が来るのを待っていた。

　小春は火鉢の前で片膝を立て、足を擦っていた。それに、何か気に食わない顔をしている。

「何だか面白くなさそうな顔をしているな」

　三津五郎がきいた。

「なんであんな奴と手を組むのさ」

小春が舌打ち混じりに言った。

「何だそんなことか。あいつはなかなか腕が立つ。ただの浪人ではなさそうだ」

「でも、私からあの女を奪っていった奴なんだよ」

「それがどうした？」

「悔しいじゃないか」

「小巽を捨てて大同に就くだ」

「どういう意味なの」

「そんなつまらないことは忘れて、天竺《てんじく》茶碗を手に入れることに力を注ぐんだ」

「天竺茶碗ってどれくらいの値打ちのものなの」

「お前、三日月の旦那が説明したのを聞いていなかったのか。曜変天目《ようへんてんもく》茶碗と同じくらいって言っていた」

「でも、天竺茶碗を盗んだって、あの浪人のほうが分け前を多くとるつもりよ」

「天竺茶碗を手にすればもう用はない。その時には消えてもらう」

三津五郎は声を抑えて言った。

「それなら、いいわね」

小春が小気味好さそうに言った。

その時、戸が開いた。北風と共に九郎兵衛と半次が入ってきた。九郎兵衛は明るいところで見ると、やはり才覚のありそうな顔つきだ。

「誰に消えてもらうって？」

九郎兵衛は厭味ったらしく言った。

小春は慌てて、そっぽを向いていた。

さっきの声が聞こえていたのだろうか。三津五郎は不思議に思ったが、

「三日月の旦那、寒いだろう。当たってくれ」

と、平静を装った。

「まあ、いい」

九郎兵衛はふたりの前で胡坐をかいた。半次はがさつなのか、九郎兵衛の横に荒っぽい所作で座った。

「あんたのせいで、まだここが痛いわ」

小春は腕をわざとらしく押さえて、半次を責めた。

しかし、半次は何も言わない。九郎兵衛も黙っている。

ふたりに無視されたことも不満なのか、小春はぶつぶつと文句を垂れた。

あまりにしつこいので、

「小春！」

と、三津五郎は軽く叱りつけた。

小春は不貞腐れたようにそっぽを向いた。三津五郎は九郎兵衛と半次に「すまねえ」と軽く頭を下げた。

「なんでこの女がここにいるんだ」

九郎兵衛は煙管《キセル》を腰に付けた竹細工の入れ物から取り出した。

「旦那、こいつは弁天の小春っていう掏摸《すり》だ。役に立つ」

「弁天の小春？　きいたことない名前だな」

九郎兵衛は莨《タバコ》を詰めながら、小馬鹿にするように鼻で笑った。

「名が知られるのは、ヘマをしているからよ。本当に腕がよければだれにも気づかれない」

小春はむきになって言った。

「口だけは達者だな」

半次が冷笑を浮かべた。

「まあ、いい」

九郎兵衛は口に咥えた煙管を火鉢に近づけて火を点けると、煙を吐き出した。二、三回吹かしてから、雁首を逆さにして火鉢に灰を落とし、煙管をしまった。

「それより、この小屋は誰のものなんだ？」

九郎兵衛がきいた。

「いまは私のだから」

小春が答えた。

それから、九郎兵衛は懐から八つ折にした紙を取り出した。

「これは？」

三津五郎が手に取ってきいた。

「『亀田屋』の図面だ」

「図面？　どうやって盗んだんだ」

「俺がこの間娘を連れて『亀田屋』に行って中を通ったときと、出入りの大工から聞いた話をもとに、覚えていたものを描き出した」

「なんだ、旦那が描いたものか」

三津五郎はがっかりして、図面を置いた。

「昨日、一日がかりで描いたんだ。とりあえず、見てみろ」

九郎兵衛が命じた。

三津五郎は仕方なく図面を広げた。半畳ほどの大きさのものだった。なんとなく描いたものだというのに、細部までしっかりと描かれており、まるで実際にこの屋敷を作るときに大工が使ったもののようであった。

「へえ、三日月の旦那。意外にこういうことも得意なんですねえ」

小春は驚いたように言った。

「おい、誰だと思っているんだ」

半次が険しい顔で、口を挟んできた。

「そうカッカするな」

九郎兵衛は半次をなだめ、

「お前なら、天竺茶碗をどこに置いておく」

と、三津五郎にきいた。

「うーむ」

三津五郎は図面をじっくり見た。

裏庭には蔵が二つあった。普通であれば、このどちらかにしまっておくはずだ。

だが、天竺茶碗ほどの物だ。手近に置いておきたい気もする。そうなると、母屋の真ん中の内庭を囲むようにある内廊下の先の内蔵にしまっておくだろう。

「ここだろうな」

と、内蔵を指した。

「そこの女は？」

九郎兵衛が小春に顔を向けた。

「私には小春って名前があるんだ」

小春は怒って言った。

「気紛れにきいてみたまでだ。別にお前の意見なぞ求めておらん」

九郎兵衛は軽くいなして、

「俺も内蔵だと思う。で、ここにあるとすると厄介なんだ」

「ちょっと、待って。私は寝間だと思う」

小春が口を挟んだ。

「うるせえ、黙ってろ」

半次が声を荒らげた。

「まあ、半次さん、こいつの言うことも聞いてやってくれ」

三津五郎は半次に頼み、

「どうしてそう思うんだ」

と、小春にきいた。

「だって、大切なものは寝るときにも身近に置いておきたいじゃない」

「寝室に大切な茶器などを置いておいて、万が一の時はどうするんだ」

「万が一って、どういうことさ」

「火事とか地震とか、誤って落としてしまうこともあるだろう」

三津五郎が説き伏せた。

「その通りだ」

九郎兵衛が深く頷き、話を進めた。

小春は口をへの字にして、面白くなさそうにしている。

「『亀田屋』の内庭には鳴子が見えた。夜になると鳴子を張り巡らせるのかもしれない」

九郎兵衛は図面で庭を指した。

母屋に行くには、どうしても庭を通らなければならない。塀を伝っていくことを考えたが、あまりに母屋と離れている。

「三日月の旦那、これは無理だ。余程の者じゃないと入り込めない」

三津五郎はため息交じりに言った。

「どうしても無理か」

「神田小僧《かんだこぞう》じゃないとな」

「神田小僧か……。じゃあ、どうやって盗るんだ?」

九郎兵衛は怒ったように言った。

「娘を使う」

三津五郎が言った。

「娘?　お前が騙した娘か?」

「そうだ」

「それこそ無理だ。お前に騙されたと思っているんじゃないのか」

九郎兵衛が怪訝な顔をした。

「お七《しち》は腹をくって俺と逃げようとしたんだ。いくら父親や店の者が俺に騙されたと言っても信じないだろう」

三津五郎は自信を持って言った。

「今はもうお七も冷静になっているだろう」

「三日月の旦那はわかってねえな」

「なに？」

「女心だよ」

三津五郎は決めつけて言った。九郎兵衛は強くは言い返してこなかったが、嫌そうな顔をしていた。

「そうよ、三津五郎さんの言う通りよ」

小春が口を挟んだ。

九郎兵衛は何か言おうとしたが、小春はそれを遮って続けた。

「女は惚れている男なら、疑わないものよ」

「都合よく考えすぎだ」

九郎兵衛は納得がいかないようだった。

「じゃあ、他にいい考えがあるのかい？」

三津五郎がきいた。

「何者かに化けて、亀田屋に入り、内蔵から天竺茶碗を奪う」

「私は内蔵にはないと思うわよ」

小春が口を挟んだ。

「お前は黙ってろ」

三津五郎は叱った。

「旦那は変装が得意なんだ」

半次が自慢げに言った。

「刀傷があるのに、変装なんか出来るのか」

三津五郎が訝し気にきいた。

「これは作り物だ」

九郎兵衛が左頬を擦ると、傷痕が薄くなった。

「そんなことをするのは面倒だし、錠前を破らなきゃならねえ。それに小春が言うように天竺茶碗が内蔵にあるとも限らない。俺の考えの方が良いと思うが」

三津五郎が九郎兵衛を見た。

「私もそう思うわ」

小春も味方した。

九郎兵衛は厳しい顔で、しばらく考えるように腕を組み黙っていたが、

「わかった。それでいこう」

と、納得した。

「じゃあ、さっそく俺はあの女に近づいてみる。そこで、三日月の旦那に頼みたいことがあるんだ」

三津五郎が意気込んだ。

「何だ？」

「お七は毎朝四つ（午前十時）、三味線の稽古のために家を出る。でも、さらわれたあとだから、与兵衛がお七ひとりでは出さないだろう。そこで、旦那が一緒にいる者の気を逸らして、お七を一人にさせるんだ」

「そこでお前が出てくるわけだな」

「お七に近づければ後は簡単だ。何度か会って、さりげない話をしているうちに天竺茶碗のことに触れ、持ってくるように頼むんだ」

「頼むってどうやって？」

「一度天竺茶碗を見てみたいと言うんだ」

「そんなことを言えば怪しまれる。父親に話されたらどうするつもりだ」

九郎兵衛が一喝した。

「大丈夫さ。お七は父親のことを良く思ってねえ」

三津五郎は自信満々に言った。

「手ぬるいな。これだから、俺にお七を盗まれるんだ」

九郎兵衛は呆れたように言った。

「三日月の旦那、あまり馬鹿にしないでくれ。女に関しては俺に勝るものはいねえ」

三津五郎が啖呵を切った。

「つまらん見栄を張るな。それより、お七は信じやすいたちだそうだな」

九郎兵衛は軽くいなしてから言った。

「どうしてそう思うんだ？」

三津五郎がきいた。九郎兵衛と、お七には何のつながりもないはずだ。この間盗んだときに、何か話をしたのだろうか。

「冬の雷の日に泥棒が入ると信じているだろう」

「あっ……」

蕎麦屋で会話しているのが聞こえたのか。しかし、小声で話していたのに、まさか……。妙なうす気味悪さを感じた。

「お前とお七が一緒にいるところに俺が出向き、天竺茶碗で一緒に茶を飲めば必ず結ばれるとお七に吹き込むんだ」

九郎兵衛が鋭い目つきで言った。

「そうすれば、お七は天竺茶碗を持ってくるというのか」

「そうだ」

「そんなにうまくいくかな」

三津五郎は半信半疑であったが、

「それしかないか」

と、思い立ったように膝を打った。

「あとはお前の芝居次第だ。しっかりやれよ」

九郎兵衛は念を押すように言った。

「旦那に言われなくとも分かっている」

三津五郎は煩わしそうに言った。

「私は何をすればいいのさ」

小春がきいた。

「お前は『亀田屋』のことでも詳しく調べてくれればいい」

「でも、三津五郎さんが調べているじゃない」

「新しいことがあるかもしれないから、まあ調べてみればいい」

三津五郎が命じた。

「じゃあ、俺は？」

半次が九郎兵衛を見た。

「手伝ってほしいことがある」

九郎兵衛は考えがあるように目を鋭く光らせた。

三津五郎はきっとうまくいくという手ごたえを感じていた。

二

翌八日の朝四つ（午前十時）前のことだった。昨日まで、煤払いのための葉を先に残した竹を売っていた行商が、今日からは正月用の宝船を売っていた。江戸では、この日を境に正月の準備にかかる。町の雰囲気からはもう年の瀬だと感じられたが、九郎兵衛、半次、そして三津五郎はそれどころではない。

三人は新《あたら》シ橋の袂に立っていた。

九郎兵衛は昨日と違うどこかの藩士らしいきちんとしたいで立ちで、編み笠を目深にかぶっていた。その横に羽織を着て着流しを尻端折りにして、岡っ引きの格好をした半次が立っている。三津五郎はやけに洒落っ気を出して、どこで仕入れたのか上等な帯を締めている。

　三人とも黙って神田佐久間町の方に目を向けていた。

　やがて、お七が『亀田屋』の半纏を着た屈強そうな若い衆と共に歩いてきた。男はお七に何か話しかけているが、お七の顔は曇っていた。

「三日月の旦那、来ましたぜ」

　三津五郎は九郎兵衛に知らせてから、近くの絵草紙屋に入っていった。

　九郎兵衛と半次は、毅然とした足取りでふたりに正面から近づいた。半次が半歩前を歩いている。

　お七たちは道を譲ろうと端へ寄った。

　半次がすれ違いざまに立ち止まり、

「待て」

　と、鋭い声でお七の隣にいる半纏を着た男を見た。

「私でございますか？」

　半纏を着た若い衆は驚いたようにきいた。

「近くで怪しい者を見かけなかったか」

「いえ、誰も見ておりません」

若い衆は首を横に振った。

「ん?」

九郎兵衛は目を細めた。

「どうかされましたか」

半次がきいた。

「ちょっと横を向け」

九郎兵衛は若い衆に命じた。

「え?」

若い衆は怯えたように言った。

「いいから」

九郎兵衛が促した。若い衆は言われるがまま横を向いた。

「目の下と顎の黒子《ほくろ》が似ている」

九郎兵衛は呟いた。

「こいつですか」

半次がきいた。

「そうかもしれぬ」

九郎兵衛はきっぱりと言った。

「ついて参れ」

半次が若い衆の手を摑んだ。若い衆は動揺して言葉をなくしていた。

「待ってください。この人がどうかしたんですか」

お七が割って入った。

「藩の大事なものが盗まれたのだ。この男かもしれない」

九郎兵衛が厳しい口調で言った。

「ここで逃げれば、ますます疑わしくなる」

半次は追い詰めるように険しい目を向けた。

「違うんです。今からお嬢さまをお送りしなければならないんです」

若い衆は蒼白になり、口元が強張っていた。

「そのようなことを言って逃げられたら、拙者の面目が立たない」

「とんでもございません。お嬢さまをお送り致しましたら、いくらでも調べを受けますので、御勘弁願います」

若い衆は頭を下げた。

「ならぬ」

九郎兵衛は首を横に振った。

若い衆は頭を上げると、困ったようにお七を見た。

「どうにかなりませんか。私からもこの通り、お願いします」

お七も頼み込んだ。

「いくら頼まれても御家のことだ。情けはかけられぬ」

九郎兵衛は苦々しく言った。

「ちょっと付き合ってくれれば、疑いは晴れる、あっしも付いているから心配しないで」

半次は罔っ引きらしい口調で言った。

「私ひとりで稽古所まで行ってきます」

お七は若い衆に告げた。

「ですが、お嬢さま。そんなことをさせて、万が一のことがあれば……」

「大丈夫です。このまま真っすぐ行くだけですし、いまは人通りもあります」

お七は安心させるように言った。

「しかし……」

それでも、若い衆は不安のようだった。

「それより、ここで疑いを晴らさないと後々面倒なことになりかねません。盗んでいないことですし、調べを受けて無実の罪を晴らしてください」

お七は強い声で言った。

若い衆は迷った末に、諦めたように頷いた。

「わかりました。調べを受けましょう」

「では、ついて参れ。手荒な真似はせん」

九郎兵衛は新シ橋から延びる道を真っすぐ進み、医学館を過ぎたところを右に曲がった。しばらくすると左手に平戸藩上屋敷が見えてくる。

九郎兵衛と半次はわざとゆっくり歩いた。その間に、今朝は何をしていたかなど、いかにも探索するときにきくようなことを問いただした。男は一つひとつの問いに、しっかりと答えていた。

お七は駆け足で柳橋の方に向かっていた。

三津五郎は後をつけながら、平《へい》右衛《え》門《もん》町《ちょう》に差し掛かると、お七の前に回り込んだ。

「お七ちゃん」

息を切らしながら、ようやく見つけたという風に声を掛けた。

「三津五郎さん！」

お七は驚きを隠せないようで、思わず立ち止まった。

「無事なようでよかった。心配していたんだ。俺もあの浪人にやられちまったんだ」

「やられた？」

お七は思わず大声になった。

「いや、怪我はしていない。姉から聞いたが、浪人がやってきて、お七ちゃんを奪っていったんだってな」

「はい……」

「おそらく、あの浪人はお七ちゃんの父親に雇われた者だ。それで、俺がお七ちゃんをさらったように言って、ふたりの仲を裂こうとしているんだ」

　三津五郎はお七の顔色を窺った。お七の目に憎悪が浮かび、涙が滲んだように見えた。三津五郎の言うことを信じて、父親を恨んでいるようだった。

「稽古納めは明日かい？」

「はい」

「明日、稽古が終わったら、両国広小路で会おうじゃないか。そうだ、前に入った両国橋の袂の腰掛茶屋はどうだい？」

　三津五郎はお七を覗き込んだ。

「でも、供の手代が」

「供の手代？」

「今はちょっといないのですが、あれからずっとおとっつぁんに誰かしら付けられているんです」

「俺と会っていたとなったらまずいな」

　三津五郎は苦しそうに言った。

「何とかします」

　お七は腹をくくるように言った。

「頼むよ。じゃあまた」

三津五郎は手を振って、その場を離れていった。

しばらくしてから振り返ると、お七は歩きながら後ろを気にしていた。

翌日の昼過ぎ、雲一つない青空だった。日差しも温かく、人々の顔もほころんでいた。両国広小路には多くのひとが出ていた。

両国橋の袂にある腰掛茶屋の表に面した床几で、三津五郎はお七を待っていた。供の手代を払いのけてでも、ここに来ることが出来るのか心配だった。だが、しばらくすると、お七が急ぎ足でやってきた。

「三津五郎さん、遅れてすみません」

お七は息を切らしていた。額には汗が一粒光っていた。

「そんなに慌てなくてもいいのに」

「いいえ、すぐ戻らなきゃいけないんです」

お七が横に座った。

三津五郎は手を挙げて茶汲み女を呼び、お七のために自分と同じ物を頼んでやった。

「どうやって、撒いたんだい」

「お師匠さんに訳を話して四半刻（三十分）くらいで戻ると言って、裏口から出てきました」

「供の手代は、師匠の家の前で待っているのかい」

「ええ」

お七は困った顔をしていた。

「お待たせしました」

茶汲み女が茶を運んできた。お七は湯気の立っている茶に、口をすぼめて息をかけながら、ゆっくりと口に含んだ。

「おいしい」

お七がほっとため息をつき、三津五郎を見つめた。

三津五郎は目を両国橋に向けた。自然とお七も三津五郎の視線を追った。

長い顎鬚を蓄え、深い編み笠を被って縞の羽織を着た易者の恰好をした大きな男が歩いていた。ひとりだけ奇異な姿だけに、目立っていた。

「あ、東山卜斎《ひがしやまぼくさい》先生じゃないか」

三津五郎が立ち上がった。

「東山卜斎先生？」

お七が三津五郎の顔を見上げた。

「知らないかい？　高名な易者で、何でも手をかざすだけでその人のことがわかるっていうんだ」

「へえ、そんな方がいるのですね」

お七は興味深そうにその男を見た。

すると、易者はこちらに顔を向けた。編み笠の奥に鋭い目がきらりと光っていた。

「ちょっと、呼んでみようか」

三津五郎は面白そうに言った。

「え？　でも、もうすぐ行かなくては……」

「俺たちふたりがこれからどうなるのか知りたいじゃないか」

三津五郎は笑顔で答え、少し離れた場所にいた易者に声をかけた。

易者は近づいてきた。

「東山卜斎先生でございますか」

三津五郎が編み笠を覗き込むようにきいた。

「いかにも」

卜斎は大きく頷いた。

「あっしらふたりのことを占ってください」

三津五郎が頼んだ。お七も立ち上がり、頭を下げた。

「よかろう。では、座りなさい」

卜斎はふたりを座らせた。

それから、目を瞑り、手のひらを三津五郎とお七の頭の上に交互に乗せ、何やら呪文のようなものを唱え始めた。周囲の者はいかがわしそうな目を向けていたが、お七は卜斎しか見えていなかった。

「うーむ」

卜斎が意味ありげに唸った。

「いけませんか」

お七は困ったようにきいた。

「このままでは、いずれ別れる羽目になるだろう」

「え？」

お七は眉根を寄せた。

「原因は女子《おなご》にある。そなたは大店《おおだな》の娘であろう。父のことはあまり信じていない。そのことで、何かふたりの間に揉め事が見える」

お七は真剣に卜斎の言うことに耳を傾けていた。

卜斎は続けた。

「このままでは、父親の言いなりで嫌な相手に嫁入りする羽目になる」

「何か方法はありませんか？」

お七が縋《すが》るようにきいた。

「ないこともないが、ちょっと難しい」

「なんですか」

「この世に天竺茶碗というものがある。縁が内側に曲がっているものだ。ふたりでその茶碗で茶を服すれば、障害が取り除かれると言われている。だが、天竺茶碗はそう手に入るものではない」

卜斎はそう言って、去ろうとした。

「先生、お代の方は？」

三津五郎が卜斎の背中に声をかけた。

「少し占ったくらいだ。別にもらわなくてもいい」

卜斎は控えめに言う。

「いえ、そういうわけには」

三津五郎は懐の財布から金一朱を取り出して渡した。

「では、遠慮なく頂く」

東山卜斎は金を受け取ると、去っていった。三津五郎は微笑んだが、すぐに顔を取り繕った。

「天竺茶碗か……」

と、三津五郎はため息交じりに言った。

「縁が内側に入り込んでいる茶碗って言っていましたね」

「ああ」

「うちにあります」

「え、本当かい？」

三津五郎は驚いてみせた。

「うちのおとっつぁんがそういうものが好きなようで、たくさん集めているんです」

「じゃあ、おとっつぁんに貸してくれるように頼めるかい」

「それが……」

お七が口ごもった。

「駄目なのかい」

「その茶器だけは、滅多なことがない限り、人目に晒さないいんです。貸してくれと言っても駄目かと」

「じゃあ、黙って持ち出すのはどうだい」

「…………」

「一緒に飲んだらすぐに戻せばいいじゃないか」

「内蔵にしまってあって、なかなか入れないいんです」

「そうか……」

三津五郎は惜しそうに顔を俯けた。

「でも、内蔵には私の荷物もあるので何とかしてみます」

お七は苦い顔をしながら、あれこれ思案しているようであった。

「いや、ただの易者の言うことだ。それより、今度どこか縁結びの御利益があるところを探しておくから」

お七を見ると、諦めきれない様子が見て取れる。

「でも、あの方が仰っていたことなら本当のような気がします。三津五郎さん、私きっと持ってきます」

「そうしてくれると嬉しいが、無茶はしなくていいからな」

三津五郎は気遣った。

「はい」

お七は三津五郎の肩に頭を預けた。

九つ半（午後一時）の鐘が鳴った。

「もう行かなくては」

お七が名残惜しそうに言った。

「また明日も会えるかい」

「ええ」

「じゃあ、ここで」

「お七ちゃん」

三津五郎は呼び止め、

「天竺茶碗で一緒に茶を飲めばうまくいくということなら、もうふたりで逃げなくて済むから」

と、念を押すように付け加えた。

「はい」

お七は急いで去っていった。三津五郎はその後ろ姿をずっと見つめ、にんまりした。

三

その日の夕方、巳之助《みのすけ》は仕事を終えて家に帰ってきた。ちょうど、暮れ六つ（午後六時）の鐘が日本橋本石町《ほんこくちょう》の方から聞こえてきた。

道具箱を下ろして部屋に上がった。行灯に火をつけ、火鉢の前で暖を取りながら錠前破りに使う釘をやすりで削って細くしていると、路地から慌ただしく駆けてくる足音がして、やがて巳之助の家の前で止まった。

「巳之助さん！」

腰高障子が勢いよく開かれた。

巳之助は慌てて釘とやすりを懐に隠した。

土間に入った庄助《しょうすけ》は蒼い顔をしたまま息を切らして立っていた。腰高障子は開けっ放しだった。表に天秤棒が放り投げてあるのが見えた。何事かと近所の人たちが表に出てきて様子を見ていた。

「寒いじゃないですか」

巳之助は言ったが、庄助には聞こえていないようだった。巳之助は仕方がないので、自分で腰高障子を閉め、

「どうしたんです？」

と、不審そうに目をしょぼつかせながらきいた。

「妹のお君《きみ》が、金を盗んだと疑われているんだ！」

「ちょっと落ち着いてください。たしか、お君さんは旗本屋敷に奉公しているんですよね」

「そこの殿さまから疑われているんだ」

「その旗本というのは？」

「河村出羽守《かわむらでわのかみ》という方だ」

「え？」

巳之助は思わず大きな声を出した。

「知っているのか」

「いや、よくその方の屋敷の前を通るので」

巳之助は誤魔化し、話を進めるように促した。

庄助は話を続けた。

「その旗本から常々ちょっかいをかけられていたみたいなんだが、ついこの間、出羽守さまの手文庫から五十両がなくなっていたそうだ」

「…………」

巳之助は内心で慌てていた。

出羽守に襲われそうになっていたのは、庄助の妹のお君だったのか。あの時、奥方の部屋から鈴が鳴ったから助かったが、自分が盗んだことでお君に災難が振りかかったと思うと、胸が締め付けられた。

「それで、お君さんはどうなったのですか」

巳之助は膝を乗り出した。

「出羽守さまは取ったことはもう咎めないからと、自分の言いなりにさせようとしているらしいんだ。お君はまだ何もされていないようだが、これから何をされるかわからない」

「お君さんがそう言っていたんですか」

巳之助は、庄助がただ推測で言っているのではないかと確かめた。

「そうだ。今日、いつものように仕事帰りに小石川の出羽守さまの屋敷に様子を窺いに行った。しばらく門の近くで待っていると、遣いで出てきたお君が暗い顔をしていて、問い詰めたら打ち明けたんだ」

「奉公を辞めるわけにはいかないんですか」

「いま辞めたら、盗んだのは自分だとお屋敷の人が思うだろうと、お君は言っている。どうしようも出来なくて悩んでいるらしいんだ」

「…………」

巳之助は出羽守の脂ぎった顔を思い出して、腸《はらわた》が煮えくり返る思いが蘇ってきた。

「俺はどうすればいいのかわからねえ。何かいい考えはないか」

庄助が声を詰まらせてきいてきた。

「いい考えと言っても……」

巳之助は口ごもった。

ひとつある。盗んだ金はまだ手を付けていない。こっそり戻せば、お君は罪に問われないで済むかもしれない。

しかし、そのことを言って安心させるわけにはいかない。まさか庄助が町方に神田小僧が同じ長屋にいると訴え出ることはないだろうが、どこから話が漏れないとも限らない。

「巳之助さん、どうにか出来ないかい」

庄助が縋るような目で見つめてきた。

「あっしの知り合いで、旗本たちと親しくしているひとがいるんです。その人に相談してみます」

巳之助は苦し紛れにそう言った。

「本当かい」

「ええ」

「すまねえ、この通りだ。よろしく頼む」

庄助は何度も頭を下げた。

「今晩、その人のところを訪ねてみます」

巳之助は言った。

「じゃあ、俺も一緒に行く」

「いや、あっしひとりの方が都合がいいんです」

「そうかい。じゃあ、よろしく頼むよ」

庄助は心配そうな顔をしながら出ていった。

巳之助は道具箱を手に取り、中から小判を取り出して数えた。

五十両あった。

数刻後、巳之助はその金を懐に入れて、黒装束に身を包むとその上に長着を着て、家を出た。

真夜中になった。

河村出羽守の屋敷の見廻りは相変わらず厳重で、巳之助は北側の地続きになっている隣の屋敷から忍び込んだ。

庭には見張りの者が、この前と同じく三人いた。

巳之助は蔵の脇に下り、見張りの目を盗んで暗がりを母屋に向かって走った。床下を這って奥に進み、床板をずらして納戸に入った。簞笥に足を掛けて天井裏に入り込み、奥方の部屋の上で止まった。

そっと、天井板を外し、部屋の中を見回した。

どこに五十両を置いておくのがよいか考えていた。枕元におけば、奥方に気づかれてしまう。床の間に置いてもいいが、見えやすい場所であれば、昨日はなかったので誰かが後で置きに来たと思われてしまう。

ふと、簞笥が目にとまった。

巳之助は紐を付けた布で五十両を包み、慎重に箪笥の上に置いた。そこから思い切り布を引っ張った。五十両だけが箪笥の上に残り、布は手元に戻ってきた。

これを最初に発見するのが、出羽守ではないことを願った。しかし、出羽守はもう奥方には興味がなく、女中に手を付けている。滅多なことがなければ、奥方の部屋には入ってこないだろう。

巳之助は天井板を元に戻し、今度は書類を探そうと奥方の部屋の近くの物置部屋に降り立った。ここには、行灯や厚手の布団など冬物がある。こういうところに大事な物を隠している場合があるので、巳之助は注意深く探ってみた。

だが、何も目ぼしいものは見つからなかった。

裏門が開く音がした。見廻りが屋敷の外まで回る時だ。もうこの屋敷に侵入してから四半刻（三十分）は経過している。

巳之助は普段から警戒して、長居することはない。今日もまだ『亀田屋』との書類は見つけられなかったが、もう引き上げようと天井裏に上り、納戸に戻っていった。

その途中、奥方の部屋から激しく咳き込む声と一瞬だけ鈴の音がした。

巳之助は思わず、天井板を外して様子を窺った。

奥方が苦しそうにもがいていた。いつも枕元にある呼び鈴はなぜか床の間の方に転がっていた。

巳之助は慌てて飛び降りた。

奥方は巳之助に気が付いて目を大きく見開き、体を起こそうとした。

「決して危害は加えません。どうすればいいですか」

巳之助は奥方の体に手を添え、起き上がらせながらきいた。

「そこの……」

奥方は咳き込みながら、壁の方を指した。火鉢の上に鉄瓶があり、その脇には水差し、湯吞、そして三段になっている薬箱があった。

鉄瓶からは薬草を煎じた独特の匂いが漂ってきた。

「これですか?」

巳之助がきいた。

「ええ」

奥方は再び咳き込みながら頷いた。

巳之助は鉄瓶から薬湯を湯呑に注ぎ、手渡した。

「すみません」

奥方は口をすぼめて息を吹きかけながら、ゆっくりと湯呑に口を付けて薬を飲んだ。

薬を飲み切る頃には、奥方の咳は心なしか穏やかになった。

「ありがとうございます。あなたは？」

奥方が不思議そうにきいた。

「あっしは行きます」

巳之助は答えずに、天井裏に戻ろうと箪笥に足をかけたが、ふと振り返り、

「出羽守さまがお君さんに盗まれたと思っている五十両は奥方の箪笥の上にあります」

と、告げた。

「待ってください」

奥方が話しかけてきた。

「あなたが盗んだのですか？」

「お君さんは出羽守さまにちょっかいをかけられています」

巳之助は早口で言った。

「どうして、そのことを？」

「……、とにかくお君さんを助けてやってください」

巳之助は縋るような目で奥方を見た。奥方は何か言いたげに口を開こうとしたが、その時、廊下の遠くの方から足音が聞こえた。

「御免」

巳之助は足音を殺して、箪笥に足を掛けて天井裏に入り込んだ。そのまま、急ぎ足で納戸に降り立つと、床下に潜った。

母屋の北側に向かい、庭に見廻りがいないかどうか確かめると、蔵に向かって走った。

鉤を塀に引っかけてよじ登り、隣の屋敷に移る。

屋敷の裏門の方から外に出た。

巳之助はほっかむりを取り、河村出羽守の屋敷の方から神田川沿いの大通りに出た。その時、左に目を向けると人影があった。

（誰だ、こんな夜中に）

相手も巳之助に気が付いたようで、反対方向に走っていった。巳之助はその後ろ姿を見つめながら、あれは一体誰なのだろうかと考えた。

（俺と同じか）

河村出羽守の屋敷を狙っている盗人かもしれない。

これだけ厳重な屋敷だ。何かあるに違いないという思いを強めながら、巳之助は早足で帰っていった。


翌十日の朝、まだ六つ前だった。日本橋久松町《ひさまつちょう》の長屋は、男たちが商売の支度を始めていた。

巳之助が土間で盥《たらい》に汲んだ水で顔を洗っていると、腰高障子が思い切り叩かれた。

まだ返事もしないうちに、

「巳之助さん、どうだった」

と、庄助が慌ただしく入ってきた。

巳之助は半刻（一時間）前に起きたが、頭が重かった。昨夜は出羽守の屋敷から家に戻ったあと、すぐに眠ろうと思ったが、戻した五十両でちゃんと庄助の妹のお君を救えるのかということと、出羽守の屋敷の前にいた怪しい者が気になってなかなか寝付けなかった。

「昨日、相談しに行ったんだろう」

「ええ、何か手を打ってくださると言っていました」

「本当に大丈夫だろうか」

庄助はまだ心配そうであった。

「ちゃんとした人ですから、うまくやってくれるはずです」

巳之助はそう答えたが、庄助の顔は曇っていた。

「もう少し待ってみよう。もし、それでも駄目なようならその人のところに行かせてくれないか。俺からもよく頼んでおきたいんだ」

「わかりました」

巳之助は頷いた。

六つの鐘が聞こえてきた。

「邪魔して悪かったな」

庄助はそう言って、出ていった。

奥方に想いを馳せた。病気をしているのに、出羽守にまったく気遣われてなさそうだ。そのことが、不憫でならなかった。

四

翌日の昼前、大川より東側は天気がぐずついていたが、両国広小路は晴れ間が覗いていた。しかし、辺りはしんと冷えていた。

三津五郎は待ち合わせよりも四半刻（約三十分）も早く腰掛茶屋にやってきて、店の前で寒さに耐えながら待っていた。

店の者が表に出てきたときに、

「空いていますよ」

と言われたが、

「ちょっと、外で待ち合わせをしているんだ」

と断った。

正午の鐘が鳴る頃、浅草橋の方から風呂敷包みを持ったお七が歩いてきた。

(うまい具合に天竺茶碗を持ってきてくれたのだ)

三津五郎は一瞬、してやったりというような表情をしてしまったが、すぐに顔を引き締めた。

お七は何か不安そうな顔をしていた。きっと、天竺茶碗を持ち出したことを父親に気づかれないか心配なのだろう。

「外で待っていたのですか」

「混んでいて、座れそうにないんだ」

三津五郎は困ったように唇をかんだ。

「年末ですから、人も多いんでしょうね」

お七は仕方なさそうに言った。

「近くによく行く舟宿があるんだ。そこにしよう」

三津五郎は笑顔で誘い、風呂敷に目を落とした。

「重いだろう。持ってあげるよ」

「いいえ」

お七は躊躇《ためら》うように渡そうとしなかった。

「いいから、貸してごらん」

そう言うと、お七は風呂敷を三津五郎に託した。

「あの……」

お七が何か言いたそうだった。

「なんだい」

三津五郎がきいたが、

「いえ、何でも」

と、お七は口を閉じた。

ふたりは両国広小路から柳橋に抜けた。辺りには人が疎らで、どこからか三味線の音が聞こえてくるだけであった。

「あの舟宿だよ」

と、神田川を越えた平右衛門町の『舟村』という看板が出ている舟宿を指した。

突然、後ろから軽やかな足音がしたかと思うと、背中に強い衝撃を受けた。

三津五郎の体が思わず前の方へ倒れ掛かった。と、やにわに、手に持っていた風呂敷包みを盗られた。

「あっ」

前を向くと背の高い編み笠の男が風呂敷包みを脇に抱えて、風を切りながら勢いよく柳橋を駆けている。

「待て！」

三津五郎は声をあげ、追いかけた。

だが、その男の足はかなり速い。

男はしばらく大川沿いを走っていたが、途中で左に折れた。三津五郎もついていったが、角を曲がったときには男の姿はなくなっていた。

「くそっ！」

三津五郎は息を切らしながら、悔しそうに大声をあげた。

しばらく辺りを見回してみたが、男はどこに逃げていったのか跡形もなくなっていた。

やがて、後ろから、

「三津五郎さん」

と、お七の声が聞こえた。

三津五郎が振り返ると、お七が複雑な顔をして立っていた。

「すまねえ。すぐに盗んだ奴を捕まえに」

三津五郎は意気込んで言った。

「いえ、いいんです」

「だって、あれで一緒に茶を飲めば……」

「あれは天竺茶碗ではないんです」

お七が話の途中で言葉を挟んだ。

「なに？」

三津五郎は思わず大きな声を上げた。それに合わせるように、川沿いの木の上から烏が鳴き声を上げて飛び立った。

「天竺茶碗は盗まれていました」

お七が小さな声で、苦い顔をして言った。

「どういうことだ？」

三津五郎は一瞬お七が何を言っているのかわからなくなった。だがすぐに、天竺茶碗が見つからないので、他の茶碗を持ってきたということが飲み込めた。

お七は一呼吸置いてから、

「この間の雷の日に泥棒が天竺茶碗を盗んでいったんです」

「…………」

三津五郎は言葉を失っていた。

お七は言いにくそうにして続けた。

「似たような形の茶碗があって、これでは駄目かなと思いながらも一応持ってきたんです。おそらく、それほど高価なものではなかったと思います」

お七が苦い顔をして答えた。

三津五郎は思わず自分の顔が険しくなっていることがわかり、慌てて顔を取り繕った。

「そうだったのか。仕方がねえ」

三津五郎は内心では焦っていたが、諦めた振りをせざるを得なかった。

「ごめんなさい」

お七が頭を下げた。

「謝ることじゃねえ。それにしても、一体誰が盗みやがったんだ」

三津五郎は首を横に振って、独り言のように言った。

「神田小僧という盗人だそうです」

「神田小僧？」

豪商や、旗本屋敷を狙う盗人で、どんな錠前も破るそうだ。さらに、錠前を元に戻すことでも名が知られている。

三津五郎は神田小僧についてお七に聞きながら、平右衛門町の『舟村』に入った。

「いらっしゃいまし」

気さくそうな女が出迎えた。

「二階は空いているかい」

「ええ。今は誰もおりませんので、どこでもお好きなところを」

「上がらせてもらうよ」

三津五郎とお七は土間で履物を脱ぐと、上がり框《がまち》を上がってすぐの階段で二階に行った。

二階には四部屋あり、どこも同じくらいの広さだった。

三津五郎は神田川が見える奥の部屋を選んだ。

もう茶碗がないので特に話すこともないが、お七を何かでまた利用するかもしれないので、とりあえず天竺茶碗のことは考えないで、甘い言葉を並べてお七を喜ばせることに集中した。

半刻（一時間）後、九郎兵衛が今戸の蕎麦屋の二階の座敷で軽く酒を呑んでいると、勢いよく階段を上がってくる音がした。

すぐに半次が襖を開けて、座敷に入ってきた。

手には風呂敷包みを持っている。

九郎兵衛は手を差し出して、渡すように目で合図した。半次は顔をほころばせながら、風呂敷包みを渡した。

「ところで、旦那。天竺茶碗は三万両でしたっけ？」

半次がにたつきながら、思い出したようにきいた。

「そのくらいはするはずだ。少なく見積もっても、一万両だろうな」

「一万両……。四人で分けても」

半次がにんまりとした。

九郎兵衛が風呂敷を解いて、桐箱の蓋を取ろうとした時、

「失礼します」

と、女中がやってきた。

「お決まりになりましたか」

半次は九郎兵衛の呑んでいた徳利を手に持ち、

「これをもう一本」

と、注文した。女中はそれを受けると、部屋を去っていった。

「おい、酒はよせ」

九郎兵衛が注意した。

「だって、少なくとも一万両を前にしたら呑みたいじゃないですか」

「まだ、金を手にしたわけではない。ここからが大切だ。あの亀田屋与兵衛《よへえ》とうまく交渉しなければならない。簡単に金を渡す相手でないことは確かだ」

九郎兵衛は厳しい表情を崩さなかった。

「さあ、さっそく天竺茶碗を見ましょうよ」

半次が急かすように言った。

「待て、酒が運ばれてきてからだ。蕎麦屋の女中のことだから天竺茶碗なんか知るはずもないだろうが、念には念を入れよう」

「へい」

半次は恨めしそうに箱を見ながら、胡坐をかいた足を小刻みに動かしていた。

やがて、女中が徳利と猪口を持ってやってきた。

半次はせわしなく受け取ると、九郎兵衛と自分の分を注いだ。その間に、九郎兵衛は桐箱の蓋を開けて、中から茶碗を取り出した。

「ん？」

一瞬、自分の目を疑い、すぐに異変に気づいた。

「どうしたんです」

「天竺茶碗ではない」

「なんですって！」

半次が大きな声を上げ、九郎兵衛の持っている茶碗を手にした。

「たしかに、お七から盗ったのか」

「ええ」

「三津五郎は？」

「ちゃんと、予定通り途中まで追いかけてきましたけど」

「一体、どうなっているんだ」

九郎兵衛は険しい表情で立ち上がった。三津五郎は何をしているのだろう。勢いよく襖を開けて、一階に下りて勘定を済ませると、小梅村に走った。

陰《いん》にこもった夕七つ（午後四時）の鐘が待乳山《まっちやま》から重たい音になって聞こえてきた。

九郎兵衛は勢いよく戸を開けた。

火鉢の前にいた三津五郎と小春が、はっと顔を向けた。

「旦那！　天竺茶碗は神田小僧に盗まれました」

三津五郎が切羽詰まった表情で言う。

「どういうことだ」

九郎兵衛が説明を求めた。

「十日ばかし前、神田小僧が『亀田屋』に盗みに入ったんです。お七はいざ茶碗を持ち出す際に天竺茶碗がないことに気づき、番頭に聞いてみると神田小僧が盗んだと。岡っ引きの駒三《こまぞう》もそう言っていたそうです。ですから、神田小僧が盗んだことは間違いないでしょう」

「神田小僧か……」

九郎兵衛は憤慨した顔で土間から上がり、火鉢の前に座った。

「奴を探すしかない」

と、九郎兵衛は恐ろしい形相で言った。

「奴を探すって、どうやって」

三津五郎がきいた。

「神田小僧は錠前破りの名人だな。ということは、仕事も錠前を扱うような奴だ。そして、豪商や旗本を狙うことから、大金を持っている奴らに恨みがあるはずだ。しかも、今まで町方に正体がばれていないとなると、あまり人と関わらない者のような気がする」

「なるほど。そういや、お七が神田小僧を見たことがあると言っていた。ほっかむりをしていたから顔はわからねえが、それほど背が高くなく、細身の男だそうだ」

三津五郎が記憶を辿るように言った。

「他に何か知っていることはねえか」

九郎兵衛は全員を見回した。

小春は首を横に振っていて、半次は腕を組みながら唸っていたが何も知らないようであった。

外から強い風が吹きつける音がした。

九郎兵衛は、どんな男なのか見当をつけた。

「神田小僧は神田付近に住んでいるのかしら」

小春が口にした。

「いや、一番初めの盗みが神田だから神田小僧って呼ばれるようになったんだ」

三津五郎が説明した。

「じゃあ、住まいはどのあたりかしら」

「さあ」

三津五郎が首を傾げると、

「神田小僧の盗みは神田にとどまらず、上野、小石川、浅草、日本橋にも及んでいるな。あれだけ上手く盗みをするのだから、ちゃんと下調べをしているはずだ。特に武家屋敷では町人がうろついていたら怪しまれる。すると、歩いて回る商売をしているだろう。その辺から当たってみてくれ」

それを告げると、九郎兵衛は立ち上がった。

「旦那、どちらへ？」

半次がきいた。

「周辺の錠前屋のところだ」

「お供します」

「いや、手分けして探そう。各々で思い当たるところを片っ端から当たっていってくれ」

九郎兵衛は小屋を去った。

五

五日が経った。夕暮れ時、小梅村に三津五郎、九郎兵衛、半次の三人はすでに集まっていた。この日も特にわかったことはなく、三人とも焦りを募らせていた。

これまで、四人で手分けして錠前屋という錠前屋に話を聞いて回ったが、まだ神田小僧の手掛かりを摑めないでいた。この五日間、朝小梅村に集まって、夕方に報告をする。冷静だった九郎兵衛にもいらだちが見え始めていたし、三津五郎は疲れた顔をしていた。半次はなかば諦めているようだった。

「小春が遅《おせ》えな」

半次が言った。いつもなら、小春が一番初めに小梅村に来ている。

「なにか手掛かりでも摑めたのかもしれねえ」

三津五郎は半次をなだめるように言った。

「そうじゃねえ。どこかで寄り道しているんだろう」

「それにしても、お前さんやけに気にしているじゃねえか」

「そんなんじゃねえ」

半次がうろたえたように言った。

その時、戸が開いた。

北風と共に小春が入ってきた。

「何してやがったんだ」

半次が怒鳴った。

小春は半次には目もくれず、やけに明るい顔をして三津五郎のそばに駆け寄った。

「ねえ、ちょっと面白いことがわかったんだよ」

「何だ？」

「池之端仲町に住む私の友達が惚れている男に、鋳掛屋の巳之助っていうのがいるらしいんだけど、この間誰も開けられなかった錠前をいとも簡単に開けてくれたっていうんだよ」

「鋳掛屋の巳之助？　どこに住んでいるんだ」

「日本橋の方と言っていたけど、詳しくは知らないそう。ただ三日に一度は池之端仲町に来ているみたいだ。また今度きいてみると言っていたけど、口数の少ない人で、なかなか教えてくれないそうなんだ」

「それだけでも聞ければ十分だ。池之端仲町で待っていればいい」

三津五郎が興奮したように言った。

「いや、そんなところで待つことはない。俺たちで探してみせる」

九郎兵衛は半次を見てから、三津五郎と目を合わせた。半次は従うように頷いた。

「じゃあ、それは旦那に」

三津五郎は九郎兵衛に任せることにした。


翌日の朝四つ（午前十時）頃、九郎兵衛は大伝馬塩町《おおでんましおちょう》の神田堀沿いを歩いていた。雨は降っていないが重たい雲が広がっており、じわじわと冷える日だ。土手沿いにいる浮浪者が体を揺らしていた。

九郎兵衛はその男を避けるように反対側を見ると小伝馬町《こでんまちょう》の牢が見えた。

（あいつはどうしているだろう）

ふと、そんなことを考えて、しんみりとした気持ちになった。あいつとは藤吉《とうきち》という男のことだ。

藤吉は、九郎兵衛と親しかった盗人だ。

牢を横目に歩いていると、待合橋の方から韋駄天《いだてん》の半次が駆けてきた。

昨夜は本銀町《ほんしろがねちょう》、室町《むろまち》、岩附町《いわつきちょう》、駿河町《するがちょう》、本両替町《もとりょうがえちょう》、本町《ほんちょう》、本石町を探ってみたが、巳之助に関することは何もわからなかった。それで、今日は半次にそれ以外の日本橋界隈に巳之助らしい男を探しに行かせていた。

「旦那」

半次は相当走ったと思われるのに、まったく苦しそうな顔を見せなかった。

「いま、それらしき鋳掛屋の男が新材木町にいます。さっき、畳問屋に入っていくのが見えました」

「よし」

ふたりは待合橋から延びる道を真っすぐ進んだ。下駄、団扇、傘問屋が居並ぶ堀江町まで来ると左に折れた。右手には堀江町の入濠が見える。両岸には材木や畳の問屋が並んでいて、物流の拠点でもあった。

河岸の東側を少し歩き、新材木町に辿り着いた。

「あの屋根の瓦がひとつ欠けているところです。ただ、もうどこかへ行ってしまったかもしれませんね」

半次は表通りの古びた看板に畳と書いてある二階屋の商家を指した。

「近所を探ってみてこい」

九郎兵衛は命じた。

「へい」

半次はすぐさま大きな歩幅で走り出した。

九郎兵衛は何げなさそうに畳問屋に近づき、そっと様子を覗いてみた。中では奉公人たちが慌ただしく働いていて、帳場に座っている番頭らしい男が頭を掻きながら困り顔をしていた。

やがて、半次が戻ってきた。

「いま新乗物町の裏長屋で、鍋を直しています」

すぐ隣町だ。

九郎兵衛は早歩きで半次の案内のもと、煙草問屋が多い東万河岸《ひがしよろずがし》を歩いた。しばらく行くと、ある路地の奥から鍋をとんかちで叩く音がした。

「ここだな？」

九郎兵衛は声をひそめてきいた。

「ええ」

半次が答えると、角からそっと覗いた。

巳之助はちょうど仕事を終えたようで、家を出て中に向かって頭を下げていた。

「離れろ」

九郎兵衛は半次を手で払いのけるようにした。

半次はそっと来た道を引き返した。

九郎兵衛は覗くのを止め、少し離れた。

足音が全く聞こえないが、巳之助が頭のぶれない静かな歩き方で路地を出てきた。

九郎兵衛は巳之助の頭のてっぺんから足の先までさっと見た。

（こいつは何か違う）

九郎兵衛の勘が働いた。動きが並の者と比べものにならない程しなやかだ。

巳之助は九郎兵衛が来た道とは逆を行った。姿が見えなくなったところで、九郎兵衛は引き返した。

半次は和国《わこく》橋の袂で橋の欄干に寄りかかりながら待っていた。

「あいつに違いない」

九郎兵衛は決めつけて言った。

「やっぱり！　どうします？」

「あいつの家を突き止めてくれ。天竺茶碗があるかどうか後で小春に探させる」

「俺がついでに探します」

「いや、知らない男が勝手に家に上がり込むよりも女が入っていけば、あいつの情婦だと思うだろう」

「まあ、そうですけど」

半次は納得いかないような顔を少し見せたが、素直に引き下がった。

「それから、近所であいつのことをきいてこい」

と、九郎兵衛は命じて小梅村に向かった。


その日の暮れ六つ（午後六時）前、三津五郎は小梅村に着いた。すでに九郎兵衛は小屋にやってきており、腕組みをして目を閉じていた。

「あれ、三日月の旦那。何しているんですか」

三津五郎は履物を放って土間から上がり、火鉢の前に胡坐をかいた。

九郎兵衛は腕組みを解いて目を開けた。

「巳之助を見つけたぞ。いま半次に跡をつけさせている。直ぐに居所が掴めるだろう」

「さすが、旦那！」

三津五郎は思わず太腿を叩いて言った。

「あいつが神田小僧に違いない」

九郎兵衛が決めつけるように言った。

「どうして、そう思ったんですか」

「ただならぬ雰囲気を醸し出していたんだ。鍛えられた者にしかできない歩き方や体の動かし方、そして鋭い目つきだった」

その時、小春が帰ってきた。

「おい、小春。旦那が鋳掛屋の巳之助を見つけたぞ」

三津五郎が声を張り上げた。

「本当かい」

小春は嬉しそうに目を大きく見開いて、三津五郎の横に座った。

「いま、半次に家を調べさせているんだ」

九郎兵衛が口を挟んだ。

「あいつに任せて大丈夫なの？」

「俺の見込んだ奴だ」

九郎兵衛が自信を持って言うと、小春は黙って小さく頷いた。

「巳之助の家がわかったら、お前がそこへ行って天竺茶碗があるか確かめてこい」

「私が？　掏摸《すり》はしたことあるけど、人の家に忍び込んだことなんかないわよ」

「心配するな。巳之助の情婦を装って家に入ればいい」

「なるほど、それなら簡単そうね。だけど、万が一誰かに見つかった場合は？」

「そしたら、俺が近くにいて助けてやる」

三津五郎が自分の胸を軽く叩きながら言った。

「そう、それならいいわ」

小春の目が生き生きとした。三津五郎は小春なら上手く探し出すだろうと思っていた。

四半刻（三十分）が経った。暮れ六つを少し過ぎた頃だ。

半次が小屋の戸を勢いよく開けて中に入ってきた。額には汗を浮かべている。

思ったよりも来るのが早かった。巳之助の家を突き止めてから、あの俊足で走ってきたのだろう。

「ご苦労」

三津五郎は声を掛けた。

半次は水瓶から柄杓《ひしやく》で水を掬って口に流し込んだ。勢い余って、水をこぼしていた。

「汚さないでよね」

小春が嫌な顔をして言った。

「うるせえな。俺は一生懸命走ってきたんだ。それくらい勘弁しろ」

半次は横柄に言った。

「半次、巳之助の住まいはどこだ」

九郎兵衛が鋭い声できいた。

「日本橋久松町の源兵衛店《げんべえだな》です」

「近所にはどんな奴らが住んでいた？」

「若い夫婦と老夫婦、他はひとり者です」

「何か話は聞けたか」

「ええ、隣に住む野菜の棒手振りに。巳之助はいつも朝五つ（午前八時）前には長屋を出るそうですぜ。それから、時折朝帰りをしていることもあるそうで」

「盗みに入ったに違いない」

「それと、変な形の茶器を持っているとも言っていましたぜ」

半次はそう言いながら、にたっと笑った。

天竺茶碗が三津五郎の頭を過《よぎ》った。内側に曲がりくねった形は変といえば変だろう。

「間違いない」

九郎兵衛は深く頷いた。

「これからはお前の出番だ。茶碗の形はわかっているな」

九郎兵衛は小春に顔を向け、念を押すように言った。

「当たり前よ。どうせ、この小屋よりも狭い長屋でしょう。簡単に調べられるわ。もしあったら盗んできて構わない？」

「ああ。だが、もう骨董屋かどこかに売り飛ばして金にしているかもしれねえから、あまり期待するな」

「わかったわ」

小春は目を光らせて言った。

「旦那、もし天竺茶碗がどこかに売られていたとしたらどうします？」

三津五郎は九郎兵衛なら自分とは違うやり方をするだろうと思ってきいた。

「そしたら、神田小僧を問い詰めてどこに売ったか白状させる」

九郎兵衛は力強く答えた。

やはり、三津五郎のやり方とは違う。そんな強引なやり方は好まなかったが、その時になれば九郎兵衛がやるだろうから、それでもいいと思った。

「わかりました。あっしは闇の骨董屋に天竺茶碗が出回っていないかきいてみます」

三津五郎が賭場で知り合った盗品を扱う骨董屋がいる。その男に話をきいてみようと思った。

翌日、小春は早起きして日本橋久松町の前の浜町河岸《はまちょうがし》までやってきた。明け六つ

（午前六時）頃だった。烏がうるさく鳴いていた。

何もこんなに早く来ることはないが、天竺茶碗を盗む前に神田小僧巳之助の顔を見てみたかった。

源兵衛店は裏に坪庭がある長屋であった。朝食の支度をしているらしく魚を焼く匂いが漂ってきた。

小春は長屋木戸に巳之助という千社札を見ると、一度大通りまで下がってしばらく待っていた。

やがて、路地から野菜の棒手振りが女房に見送られて出てきた。少しすると細身で切れ長の目の冷たそうな感じの男が出てきた。

（これが神田小僧？）

小春は首を傾げた。

思い描いていた神田小僧は、もっと荒っぽい男である。世間を冷やかに見ているような目つきのこの男とは、きっと気が合わないと思った。

しかし、今はこの巳之助と付き合っている女を演じなければならないと無理に気持ちを切り替えて、源兵衛店に向かった。

木戸をくぐると、すぐの井戸端で三十前のおかみさんが水を汲んでいたが、小春に気が付くと手を止め、

「誰か探しているのかい」

と、話しかけてきた。

「巳之助さんです」

「巳之さん？　もう出かけたよ」

「ええ、知っています。留守でも訪ねてきていいからって言われているんです」

小春は艶めかしい笑顔を見せた。

「ああ、そう。あの奥だよ」

おかみさんは意外そうな顔をして、小春を見つめていた。

小春は頭を下げて、巳之助の家の腰高障子を開けて中に入った。男の一人暮らしらしく、物があまりなくさっぱりしていた。

天竺茶碗であれば、桐箱にでも入っているだろう。だが、部屋を見渡したかぎり、桐箱のようなものは置かれていない。

どこかに隠してあるのではないか。枕屏風をずらし、布団を捲ってみたが、箱ら

しい物は見当たらない。

布団の横に置いてあった柳行李を開けてみたが、そこにもなかった。

小春は柳行李に足をかけて天井裏を探り、次に床下も調べてみた。だが、どこにも天竺茶碗は見つからない。

焦りと苛立ちから、ついため息が出た。

(こんな狭い家なのに出てこないならこれ以上探しても……)

小春は落胆して、上がり框に腰を下ろした。

男の一人暮らしにしては掃除が行き届いていると思いながら、ふと流しに目をやった。

布巾に包まれた物が目に留まった。

何だろうと近づいて、布巾を取ってみた。

縁が内側に入り込んだ茶碗だった。

(これが天竺茶碗だ)

小春は袖の中に隠して、長屋を足早に出ていった。

第三章　偽物

一

　暮れ六つ（午後六時）過ぎ、巳之助《みのすけ》は日本橋久松町《ひさまつちょう》の長屋に帰ってきた。まず行灯に火を点し、晩飯に朝飯の残りを食べようと流しに向かった。

　流しの前に立った時、ふと違和感を覚えた。

　辺りを見回して、流しの脇に目を向けた。

（ない！）

　あるはずの天竺《てんじく》茶碗がなくなっている。何かの拍子に落ちてしまったのか。

　目を疑って、ひざまずいて土間を探した。

　どこにもない。

　もしかして、どこか他のところに置き忘れたのではないか。

部屋に上がった。

見ると、枕屏風の位置がずれている。

傍に行ってみると、布団を捲ったような跡があった。隣の柳行李の蓋を開けると、やはり漁ったような形跡がある。

「盗まれた」

思わず呟いた。

手のひらに汗が広がり、急に奈落に落とされたような焦りと悔しさがこみ上げてきた。目の前が暗くなり、鼓動が激しくなった。誰に盗まれたんだ。いつ盗まれたのだという声が頭の中でこだました。

（落ち着け）

自分に言い聞かせた。

深呼吸して腰を下ろした。

考えられるのは、『亀田屋』だ。しかし、手口から神田小僧《かんだこぞう》とわかっても、この場所がわかるとは思えない。それに、『亀田屋』なら、茶碗を盗むより、同心に訴えるのではないか。

それとも、物だけは盗んでおいて、あとで同心が来る手筈にでもなっているのか。

巳之助は壁の一点を見つめて考え込んでいた。

まさか、隣の庄助《しょうすけ》が……。

突然、腰高障子が開いた。

はっとした。

巳之助は思わず身構えたが、隣の庄助だった。

「そんなに慌てて、どうしたんだい」

庄助が言った。

「いえ」

「額が汗びっしょりだぞ」

「ちょっと片付けをしていただけです」

巳之助は厳しい顔で答えた。

庄助は草履を脱いで上がってきた。巳之助も火鉢の前まで行った。

「耳に入れておきたいことがあったんだ」

「何ですか」

茶碗のことかと思い、庄助を見つめた。

「実は、背の高い遊び人風の男がこの長屋にやってきて、巳之さんのことをきいてきたんだ。俺は訳をきくこともなく、つい喋っちまったんだ。それと、今朝見知らぬ色っぽい女がここにやってきたのをうちのかかあが見たそうなんだ。何の用かきいたら、巳之さんのいい人だとか言って勝手にこの家に入ったみたいなんだけど、何か変なことに巻き込まれなけりゃいいと思ってな」

庄助が心配そうに眉根に皺を寄せて話した。

茶碗を持っていったのは庄助ではなかった。

遊び人風の男と、色っぽい女が『亀田屋』に頼まれたのか。

だが『亀田屋』ではないような気がする。他に天竺茶碗のことを知っている者がいるのか。

「あの女は本当にお前のいい人なのか」

庄助が確かめるようにきいた。

「いいえ、違います。鍋を直してやったお客さんかもしれないです」

巳之助は否定した。

「ならいいんだけど」

庄助はまだききたそうな素振りだったが、

「心配ないので、ありがとうございます」

と、巳之助は追い返すように言った。

庄助は「またな」と言ってすぐ帰っていった。

ひとりになって、また考えた。

巳之助に親しくしている者はいない。まして、遊び人風の男と色っぽい女などとは縁が無い。その者たちは、ここに天竺茶碗があることを知ってやってきたのだろうか。ふたりが茶器に詳しいとは思えない。やはり、背後に『亀田屋』がいるのか。いや、『亀田屋』とは思えない。そうだとしたら、ふたりを操っている誰かがいるのだ。

(それにしても、いつから目を付けられたのだ)

巳之助は考えを巡らせた。

「あっ」

巳之助は思わず声を上げた。

昨日、新材木町辺りに目つきの鋭い浪人がいた。

まさか俺が神田小僧だと気付いて……。それにしても、どうして俺が神田小僧だとわかったのだろうか。

神田小僧といえば、錠前破りの名人として知られている。錠前の件から錠前破りを得意なことを知っている者は……。

はっ、と閃いた。

池之端仲町の女だ！

そうに違いないと、巳之助は決めつけていた。

翌日の昼食時、池之端仲町では鰯を焼く匂いや糠味噌の匂いが漂っていた。昼間から贅沢な飯を食っているところもあるものだ。

年の瀬も迫って、町中どこかせわしない。巳之助の気は重く、四方から押し迫ってくるような息苦しさが昨夜から続いていた。

あの女の家の裏に差し掛かり、

「いかけえ」

と、いつもより大きな声を発すると、女は案の定、嬉しそうに門から出てきた。

今日は手にまな板があった。

「また、まな板なんだけど」

「ええ」

「ここだと寒いから家の中でやっておくれよ」

いつも通り、女は誘ってきた。今までは鬱陶しく思っていたが、今日は進んで女の誘いに乗った。

「わかりました」

巳之助は女に付いてゆき、門をくぐって勝手口から入り台所に向かった。ここもあまり生活感のないところで、飯の支度は滅多にしないのだろうと思った。

「これよ」

女はまな板を巳之助に渡してきた。

巳之助は受け取ると、さっそく道具箱から鉋《かんな》を取り出して削り始めた。女は茶を持ってきて、巳之助の前に差し出した。

「そういえば、あっしのことを誰かに話したことはありませんか」

巳之助は削りながら、さりげなく口にした。

「ええ、この間友達に」

女はあっさり言った。

やはり、そうだった。

「どんなことを話したんです？」

昴る気持ちを抑えながらきいた。

「他の人に頼んでも開けてもらえなかった錠前を開けてくれた凄い腕の鋳掛屋がいるって話したの。そしたら、向こうも是非頼みたいって言っていたわ」

女は屈託なく笑った。

「その方は近所にお住まいなんですか」

「元鳥越町《もととりごえちょう》よ」

「元鳥越町……」

「どうしてだい？」

「お客さまがいるなら、そっちの方も回ってみようかと」

「その子はちょうど鳥越明神の裏あたりに住んでいるのよ」

「何てお名前です？」

「小春《こはる》さんですね」

「小春よ」

巳之助は忘れないように呟いた。

ちょうど、まな板を削り終わった。手を滑らせるようにまな板を触り、なめらかに削れているか確かめてから女に返した。

「ありがとう」

女から三文を受け取った。

外では強い風が吹いている音がした。

「あら、天気が荒れているのかしら。ちょっと休んでいったら？」

女は艶めかしい目つきで誘ってきた。

「いえ、ちょうど書き入れ時なので」

巳之助は素早く立ち上がり、

「また」

と、言って勝手口を出た。

「待って、小春さんのところに行くの？」

「ええ」

「あの女、色っぽいから気を付けて。誘惑されちゃだめよ」

「はい」

巳之助は戸を開けた。

再び、強い北風が吹きつけた。砂ぼこりが巳之助の目に入りそうになり、自然と目を細めていた。空を見ると、そのうち雨が降りそうな重たい雲だった。

門を出て元鳥越町に向かう前に、一度あの親子のところに寄ろうと湯島切通町《ゆしまきりどおしまち》に足を向けた。

巳之助は鳥越明神の裏手の路地を「いかけえ」と声をかけながら歩いた。長屋の間を冷たい風が吹き抜けていた。昼八つ（午後二時）前だった。

するると、角から五十近くの女がひょっこり出てきて、

「お願い出来るかしら」

「へい」

「ちょっと待ってて」

しばらくして、女は戻ってきて、

「これなんだけど」

と、穴の空いた釜を持ってきた。

巳之助はふいごを取り出し、火を起こした。

「あまり見かけない顔だけど、この辺りは初めてかい」

女がきいてきた。

「ええ、今日初めてなんです」

「あんたみたいな鋳掛屋だったら、この辺りの女たちもほっておかないだろう」

「いえ……」

巳之助は釜に半田付けを始めた。

女は他愛のないことを色々ときいてきた。

「そういえば、この辺りに小春さんという方は住んでいますか」

と、機を見てさりげなく尋ねた。

「小春さん家《ち》なら、二本目の路地を左に入ったところの長屋の一番手前だよ」

「ありがとうございます」

「知り合いなのかい」

「ええ、ちょっと。この辺りに住んでいると聞いたもんですから」

「今いるかもしれないから、ちょっと待ってな」

「いえ、いいんです」

巳之助は慌てて止めた。

「あ、そうだ。さっき、どこかに出掛けると言って出ていったんだっけ」

女は思い出したように言った。

釜の修理が終わった。

「あら、もう終わったの。早いわね」

女は驚きながら、釜を手に取ると目を近づけ、

「綺麗に仕上がっている。良い腕だねえ」

と、感心していた。

巳之助は膝に手を置き立ち上がった。

「いくらだい」

「三文です」

「はいよ」

女は財布から銭を取り出して渡した。

巳之助は三文あるのを確かめると、自分の財布にしまい、軽く頭を下げてから小春の長屋に向かった。二つ先の路地の裏長屋だ。

長屋の木戸をくぐる。井戸の周りには誰もいなかった。この長屋中の住人が出かけているのか、暮らしの音さえしていなかった。

一番手前の家の腰高障子に小春と書かれた千社札が貼ってあった。巳之助はわずかに戸を開けて覗いてみた。

誰もいない。

辺りに気を配り、こっそり中に入り、部屋に上がった。

部屋の奥には化粧台があり、その脇に柳行李が二つ重ねて置いてある。中を確かめると着物がたくさん入っていた。

左端に枕屏風が立てられていて、向こう側には布団が雑に畳まれている。

枕屏風の手前には巳之助の背丈ほどの簞笥があり、上段には簪《かんざし》や笄《こうがい》、中段から下段にかけてまた着物が入っていた。

羽振りは良さそうだが、たぶん自分で稼いだ金で買ったわけではないだろう。情夫でもいるのではないか。ひょっとして、遊び人風の男が情夫か。

天竺茶碗を盗んだことからすると、その情夫は泥棒か掏摸《すり》なのかもしれない。

巳之助は天竺茶碗を捜したが、どこにも見当たらない。小春が遊び人風の男か、もしくは他の仲間に渡したということは十分に考えられる。

長居は出来ないので家を出た。

長屋木戸を出ると、さっき釜を直してやった女と出くわした。

「あら、鋳掛屋さん。小春さんはいなかったでしょう？」

「ええ」

「何かあれば私が伝えておきましょうか」

「いえ、結構です。それより、小春さんはいつも何刻ごろ帰ってくるかわかりますか」

「そうねえ、よくわからないけど、昼間帰ってくるときもあれば、夕方からどこかに出掛けたりするのを見ることもあるけど」

「そうですか」

巳之助は女と別れると、浅草阿部川町の方を回ってからもう一度小春の住んでいる長屋に戻ってきた。

すると、どこか艶めかしい女があの長屋木戸をくぐっていくのを見た。

巳之助は急いで木戸に向かった。

女は手前の家に入った。

(小春だ！)

巳之助は家に入り込んで問い詰めたかったが、その気持ちを抑えた。これから小春を尾行して、仲間たちのいるところを調べ上げなければならない。さらに、そこに天竺茶碗があるかどうかということも確かめなければならない。

万が一、天竺茶碗が骨董屋などに売られてしまったら、『亀田屋』が再び買い取るかもしれない。いや、遊び人風の男や仲間が『亀田屋』に売りに行くかもしれない。そうなれば、巳之助が盗んだ意味がなくなる。

巳之助は女の家の前まで行き、辺りを気にしながら腰高障子の隙間から中を覗いてみた。

小春は鼻歌交じりに懐や袂から財布を取り出して畳の上に置いた。財布から銭だけを抜き取ると、頭陀袋《ずだ》に入れた。

それから、上機嫌で化粧をしたり、櫛や簪を選んでいた。

またこれからどこかへ出かける様子だ。それに、巳之助が家に探りに入ったことに気づいていない。

巳之助はひとまず鳥越明神に行き、待ち伏せした。神社には疎らに参拝客が来ていたが、巳之助を怪しむように見る者はいなかった。

四半刻（三十分）が経った。

小春が神社の鳥居の前を横切るのが見えた。

巳之助は足音を忍ばせて、後を付けた。小春は新堀川沿いを田原町《たわらまち》方面に向かった。東本願寺の前から浅草寺方面へ足を進め、吾妻橋《あずま》に向かった。大川を越えると、源森川《げんもり》にかかる源森橋を渡って、小梅村の水車のある小屋に入っていった。

巳之助は小屋の裏側の窓の隙間から中を覗いた。

小春と他に男が三人いた。

目つきの鋭い浪人もそこに腰を下ろしていて、何やら真剣な面持ちで話をしていた。左の頰に傷がある新材木町にいた浪人だ。この男が首謀者に違いないと睨んだ。

気づいてのことか、いきなり浪人が立ち上がった。巳之助は素早くその場を離れた。巳之助の心には燃え滾《たぎ》るような思いが渦巻いていた。

二

翌二十日、空は晴れていたが、底冷えのする木枯らしが吹き荒んでいた。

九郎兵衛《くろべえ》と三津五郎《みつごろう》は暖簾を払いのけるようにして、『亀田屋』に入っていった。

九郎兵衛は宗匠頭巾に、十徳を身に纏っている。頰の傷痕を消していつもの鋭い目つきではなく、どこか遠くを見透かしているような細い目を作り、さしずめ茶の湯の師匠と見えなくもない。三津五郎も同じような恰好をして、手には天竺茶碗を入れた桐箱を風呂敷で包んで持ち、弟子の振りをしている。

「いらっしゃいまし」

すぐさま、番頭の威勢の良い声が掛かった。

「旦那さまはいらっしゃいますかな」

と、九郎兵衛はいつもより十歳くらい老けたようなしゃがれ声を出した。

「奥におりますが、あなた方は？」

番頭がきいた。

「尾州有楽流《うらく》、織田宗久《おだそうきゅう》と申します。是非、旦那さまにご覧いただきたい茶器がございまして」

「茶器でございますか……。いや、今は間に合っておりますので」

番頭は断ろうとした。

「お待ちください。旦那さまが気に入るものでございます。これを見なければきっと後悔するはずです」

九郎兵衛は低く凄みのある声を出した。

番頭の表情が一瞬にして変わった。

「見なければ後悔するとは？」

何か感づいたようだ。

「とにかく、旦那さまでなければわかりません」

「…………」

番頭は九郎兵衛を怪しむように見て、その後三津五郎に目を移し、もう一度九郎兵衛に目を戻した。

「織田宗久殿と申しましたね」

「左様でございます」

「すぐに主人には伝えますが、その前に私が拝見してもよろしいですか」

「申し訳ございません。旦那さまのお目に触れるまでは、どなたにもお見せするわけにはまいりません」

九郎兵衛は、きっぱりと断った。

番頭はどこか不服そうな顔をしながら、急ぎ足で奥に下がっていった。

店内にいる奉公人たちの様子を窺ってみると、忙しくたち働いていてふたりのことを気にしていないようだ。

やがて、番頭が戻ってきた。

「どうぞ、こちらへ」

九郎兵衛は三津五郎から風呂敷包みを受け取り、履物を脱いで上がった。三津五郎は入り口で待つ手筈となっている。万が一、奥でお七《しち》と出くわしたときのことを考えてだ。それに、『亀田屋』の奉公人の動きを探らせる狙いもあった。

長い廊下を何度か折れ曲がった先の中庭が見渡せる部屋の前に立った。以前にお七を取り返すとかけ合いに来た時と同じ部屋であった。

すでに襖は開いていた。番頭が入るように促した。九郎兵衛は部屋に入った。与《よ》兵衛《へえ》が部屋の真ん中に座っていた。

九郎兵衛は軽く頭を下げて与兵衛の前に正座した。番頭が後から入ってきて、襖の近くに腰を下ろした。襖は開けたままであった。

与兵衛の背にある床の間の掛け軸がこの間と変わって、雪舟の水墨画になっていた。

「立派な掛け軸ですな」

九郎兵衛は感心するようにため息を漏らしてから褒めた。

「ええ、無理をして買いました」

与兵衛は苦笑いをしながら答えた。

「ご謙遜を……。このような物の価値がわかるのであれば、私が持ってきた茶器もきっと気に入ってくれるはずです」

九郎兵衛は、与兵衛をじっと見据えた。与兵衛も目を逸らさなかった。互いの目がぶつかり合った。

「織田宗久殿、聞いたことのない名ですな」

与兵衛が突然目を逸らし、考え込むように低い声で呟いた。

「尾張におりましたので」

九郎兵衛は平然と答えた。

「それにしても、宗久殿は茶人にしては随分と武骨ですな。以前、どこかでお会いしたことがありましたかな」

「いえ、ございません」

九郎兵衛は表情ひとつ変えず、首を横に振った。

「わしの思い違いか……」

与兵衛は納得いかないように顔をわずかに歪めた。

九郎兵衛は改めて気を引き締めた。

思っている以上に手強い相手だと、この前以上に感じた。すでに、与兵衛はこちらの出方を見越している気もする。

「ともかく、こちらを見てください」

九郎兵衛は風呂敷を解き、桐箱を与兵衛に差し出した。

与兵衛が桐箱を見つめた。

「お手に取ってご覧ください」

九郎兵衛が促すと、与兵衛はゆっくりと箱の中のものを取り出した。

「ん？」

与兵衛が、かっと大きく目を見開いた。

「旦那さまならこの価値がわかると思いまして」

「これをどこで？」

「たまたま、骨董屋に流れてきた物を私が手に入れたのです。これを買い取って頂けますかな」

九郎兵衛が淡々ときいた。

与兵衛は突然にんまりとして、声を上げて笑った。

「何がおかしいんです？」

九郎兵衛はむっとして、突き刺すような声できいた。与兵衛の笑いは未だに止まらなかった。何を企んでいるのか、不気味さを覚えた。

「いやいや、了見はよくわかりました。たしかに、上物でございますな。おい、番頭さん、そこにあるわしの財布を取ってくれ」

「はい」

番頭に手文庫の脇に置いてある財布を持ってこさせると、与兵衛は一両取り出して九郎兵衛の前に放り投げた。

「何ですか、これは」

九郎兵衛は目を剝いた。

「この茶碗を一両で買い取らせていただきます」

「たった一両？　よくご覧くださいませ」

「それにしても、よく出来ていますな。まるで本物のようです」

与兵衛は小馬鹿にするように言った。

「何を仰っているのですか」

「ひょっとして、お前さんは本物の天竺茶碗とお思いか」

「もちろんです」

「お前さんはそれでも茶人ですか」

与兵衛は、ふんと嘲るように鼻を鳴らした。

「亀田屋さんは偽物だと仰るのですか」

「そうです」

「どういう根拠があってそんなことを言うのか」

九郎兵衛が声を荒らげた。

内庭の方から空っ風が吹き抜けた。天竺茶碗が風を受けて、微かに揺れた。

「宗久殿がわざとか、それとも知らないでその茶器を持ってこられたのかは問いませんが、本物の天竺茶碗はちゃんと私の手元にあります」

「そんなはずはございません」

九郎兵衛は思い切り否定した。

「………」

与兵衛は余裕の笑みを浮かべている。どうせ、駆け引きで強く出ればこっちが怯むと侮っているだけだろう。

「もし、偽物だと言うならそれでもよろしいです。これをここでたたき割りますぞ」

九郎兵衛は天竺茶碗を指して、脅かすように言った。

与兵衛は微かに笑みを浮かべた。九郎兵衛はおやっと思った。

与兵衛が不意に立ち上がり、天竺茶碗を掴むと廊下に出て、庭に投げつけた。

ぱりんと高い音がして、天竺茶碗は割れた。

九郎兵衛は呆気にとられた。

まさか、与兵衛が割るとは思わなかった。体が地の底に沈んでいくような衝撃を受けた。自分が持ってきたのは偽物の天竺茶碗なのか。

「勝手に割ってしまいましたが、その一両は差し上げますので」

与兵衛は言葉とは裏腹に、意地の悪い笑みを口元に浮かべていた。

九郎兵衛は、はっと我に返った。やはり偽物だったのか。

ここで一両を手にすれば、与兵衛に屈することになるだろう。それでは武士の誇りが廃る。しかし、一両を台無しにするのかという考えも頭の中で渦巻いていた。

「どうしました？　それをお持ちにならないのですか」

与兵衛が試すような目で言った。

九郎兵衛は考えた挙句、さっと一両を奪い取ると、自分の懐に入れて平静を装って部屋を出ていった。

与兵衛のかすれた笑い声が聞こえてきた。

九郎兵衛はそのまま大きな足音を立てて廊下を土間の方に戻っていった。

土間で待っていた三津五郎が九郎兵衛の顔を見るなり表情を変えた。

九郎兵衛は怒りのあまり三津五郎には目もくれないで店を出た。

冬の弱々しい陽が差していた。空っ風もまだ強く吹いている。神田川を上流に向かって足を進めた。

「三日月の旦那！」

三津五郎がいら立ったように呼びかけつつ追いかけてくる。

「まだ師匠と呼べ」

「あ、はい……」

「誰かついてきていないか」

九郎兵衛は歩きながら小さな声で言った。この間も店を出てからつけられた。あの後は駒形町の半次の住んでいる裏長屋まで行ったが、それからしばらくの間は木戸口のところに何者かが隠れて様子を窺《ゆす》っていた。これから駒形町に行けば、余計にこの間お七を取り返して金を強請ろうとした浪人だと報せるようなものだ。下流に向かわず、上流に向かったのも計算のうちだ。

「ふたりいます」

三津五郎が九郎兵衛の横に来て囁いた。

筋違御門《すじかいごもん》橋を通り過ぎると、少し先の右手に馬場が見えた。そこの手前の角を右に折れた。その時につけている者の顔をちらっと見た。

この間つけてきた者だった。しばらく道なりに進むと左手に通旅籠町《とおりはたごちょう》が見えてきた。

九郎兵衛はそこの一角の古びた旅籠に入った。

「いらっしゃいまし。おふたりさまでございますか」

と、女将らしい中年の女が出迎えた。

「そうだ。空いているかい」

「ええ、こちらへ」

と、二階の奥の八畳ほどの部屋に通された。畳もしばらく取り替えていなそうで、障子にも所々小さな穴が開いている。

三津五郎は顔をしかめていたが、女将が部屋を去っていくと、

「どうしてこんなところに入るのです」

「あの追っ手を欺くためだ」

「でも、こんなしみったれた宿に来なくてもいいじゃないですか」

「亀田屋から一文も取れなかったんだ。仕方あるまい」

九郎兵衛は一両受け取ったことを隠しておいた。

「いや、あっしが言っているのはそういうことじゃなくて。それより、一文も取れなかったってどういう訳ですか」

三津五郎が鋭い口調できいた。

「あれは偽物だとほざいていやがるんだ」

「偽物？　神田小僧の家から盗ったんだ。そんなことは……」

「ありえないはずだ」

「まさか旦那、巳之助が偽物を置いていったというわけじゃ……。それで、相手の脅しに屈したんですか」

「もちろん、こっちだって意地になって、割るぞと脅したんだ。そしたら、与兵衛がいきなり茶碗を手に取って庭に投げた。天竺茶碗は割れた」

「割った？　与兵衛が割ったんですか」

「そうだ、俺の目の前で」

九郎兵衛は重々しく言った。

三津五郎は腕を組んで考えていた。何度か九郎兵衛を見て、そんなはずはないという風に首を傾げていたが、やがて苦い顔をした。

「元々、用心して偽物を内蔵に置いてあったとしか考えられない。お七はあの盗人に入られたあと、父親の様子は焦っているようでもなかったと言っていたんだ。偽物だったからか」

三津五郎が思い返すように言った。

それから沈黙が続いた。

「なぜ偽物を置いていたんだ」

九郎兵衛が突然沈黙を破った。

「だから、万が一に備えてかもしれないって」

三津五郎は困った顔をして言った。

「三日月の旦那、何かわかりましたか」

「…………」

九郎兵衛は何も答えず、考えに集中していた。

「旦那！」

三津五郎は呼びかけた。

九郎兵衛は今後のことを思案しながら煙草盆を引き寄せ、苦い煙草を吸った。

「そういえば、お前は『亀田屋』から金を取れないとしたらどうする」

九郎兵衛は三津五郎の腹の中を探ってみた。三津五郎は九郎兵衛のように大金を狙っているわけでもないはずだ。

「そうだな。金は欲しいが、もし天竺茶碗が偽物であれば仕方ない。だが、『亀田屋』に恨みを晴らせれば、それで十分だ」

三津五郎がとげとげしく言った。

「金を取れない恨みか」

「それもあるが……」

「まだ他に恨みがあるのか」

九郎兵衛がきいた。

「いや、何でもない」

三津五郎は口を閉ざした。

「隠すな。どんな恨みがあるんだ」

九郎兵衛は問い詰めた。

三津五郎はしばらく黙った後、

「俺の親父が『亀田屋』のせいで死んじまったんだ」

と、静かに打ち明けた。

「どういうことだ」

九郎兵衛は声が部屋の外に漏れないように注意しながらきいた。

「もう十年以上も前のことだ。俺の親父は『亀田屋』に出入りしている植木職人だった。ある日、店に盗みに入ろうとして、塀を乗り越えたときに誤って落ちて庭の石に頭をぶつけて死んでしまったと聞かされている。同心もそういう風に言っていた。だが、俺の親父がそんなことするはずがない。何か裏があるはずだ。いずれにしても、俺の親父は『亀田屋』に殺されたのではないかと思っている」

三津五郎は怒りを抑えつけながら喋ったが、眉間に皺が寄ってきつい目になり、手が微かに震えていた。

「まだ親父のことを思い出すか」

九郎兵衛は三津五郎を可哀想に思いながらきいた。

「これを見るたびにな」

三津五郎はそう言って、首から吊るした赤と白の市松模様の懸守《かけまもり》を取り出した。

懸守とはお守りを入れた筒である。

「富岡八幡宮のお守りだ。これと同じものを親父も持っていた」

と、三津五郎は付け加えた。

「お前の親父の分まで恨みを晴らそう」

九郎兵衛は低く重い声を出した。

外では烏が鳴いていた。


日も落ちて、凍えるような寒さになってきた。今夜は一段と冷えそうだ。雪が降ってもおかしくないくらい、空は厚い雲に覆われていた。

九郎兵衛と三津五郎は小梅村に帰った。

引き戸を開けると、小春、半次《はんじ》、そして知らない男の背中が見えた。その男は小春に匕首《あいくち》を突き付けていた。

「おい」

九郎兵衛が険しい顔で声を掛けた。ここには四人以外に来るものはいないはずだ。

男が振り向いた。

「あっ」

三津五郎の声が漏れた。

その顔は、巳之助だった。

「どうして、神田小僧がここにいるんだ」

九郎兵衛が驚いてきいた。巳之助がなぜ茶碗を盗んだのが、自分たちだとわかったのか。おそらく、小春の池之端仲町の友達だ。九郎兵衛たちもあの女から巳之助を探り出したのだ。巳之助もあの女から小春のことを聞き出したのだろう。それにしても、巳之助にこの場所を知られたのは不覚だ。

「さっき、乗り込んできたんだ。だから、みんな喋っちゃった」

小春が申し訳なさそうに言った。

「天竺茶碗はどうしたんだ」

巳之助はすごい剣幕できいてきた。

「あれは、偽物だった」

九郎兵衛が言った。

「偽物？」

半次と小春が声をあげた。

「どういうことだ」

巳之助が恐ろしい形相をした。

「お前が入れ替えたんじゃないんだな」

九郎兵衛は確かめた。

「なんのことだ」

「お前が盗んだのは偽物だった。本物は与兵衛がちゃんと持っていた」

「いい加減なことを言うな」

巳之助は激しく言った。

「嘘じゃない」

「信じられない」

巳之助は呆然としていた。

「いや、本当だ」

三津五郎が口を添えた。

「なぜ偽物を作ってあったんだ」

巳之助が眉間に皺を寄せて、独り言のように呟いた。もう九郎兵衛たちが盗んだということよりも、あれが偽物だったということに考えが向いているようだ。

「それより、お前の狙いは何なんだ。天竺茶碗を盗んでおきながらずっと取って置いて。すぐに金にしようとは思わなかったのか」

九郎兵衛がきいた。

「そんなつもりはない」

巳之助は片頬を歪め冷笑を浮かべて言った。

九郎兵衛は「では、なぜ」と言う代わりに巳之助の顔をまじまじと見た。九郎兵衛には金にする以外に、天竺茶碗を盗む理由が思いつかない。

「与兵衛を破滅させたいんだ」

巳之助は、ぽつりと言った。

「『亀田屋』に恨みでもあるのか」

「ああ」

「どんな恨みだ」

九郎兵衛が鋭くきいた。

しかし、巳之助は口を閉ざした。

（恨みがあって困らせる……）

たしか、与兵衛は不昧公《ふまい》から天竺茶碗を借りているだけで貰ったわけではない。不昧公が亡くなった以上、返さなければいけないはずだ。噂によると、次の茶会が『亀田屋』で天竺茶碗を披露する最後の機会になるかもしれないという。ここで返せなければ『亀田屋』の面目が潰れるばかりか、松平《まつだいら》家に対する侮辱ということで与兵衛は責任を問われるだろう。場合によっては、『亀田屋』は取り潰されるかもわからない。巳之助の狙いはそれなのか。

「お前さんは『亀田屋』を潰そうとしているのか」

九郎兵衛が見透かしたようにきいた。

「そうだ」

巳之助ははっきりと答えた。

九郎兵衛は腕を組んだ。

この男にもう一度本物の天竺茶碗を盗みに行かせることは出来ないか。もちろん、九郎兵衛と巳之助の狙いは違う。だから、巳之助をうまく利用するだけだ。

「俺も恨みがある。俺もあいつに騙されたんだ。与兵衛はああ見えてかなりしたたかで、相当汚いことをしているな」

九郎兵衛は怒りをよみがえらせた。

三津五郎たちは成り行きを見守るように口を挟んでこない。

「どうだ、手を組まないか」

九郎兵衛が巳之助に言った。

巳之助は、じろりと九郎兵衛を見た。

やがて、首を横に振った。

「お前さんはひとりで盗みに入れると思うかもしれないが、今度はそう簡単にはいかない。一度盗まれたんだ。『亀田屋』の警戒は厳重になっているに違いない」

九郎兵衛が諭すように言った。

巳之助は何も答えない。

「ひとりより仲間がいた方がいい。何かあったときには助けることが出来る」

九郎兵衛はなおも言う。

「いい」

巳之助はそう言うと、不機嫌そうに小屋を去っていった。

残っている四人は目を見合わせた。

「今夜にでも巳之助は『亀田屋』に忍び込むかもしれねえ。半次、三津五郎、裏口で待つぞ」

九郎兵衛が呼びかけた。

「三日月の旦那、何を考えているんです」

「ひとりでは失敗する。そこを助けて、巳之助を仲間に入れて、茶碗を盗み出す。それから先はあいつは金目当てじゃないから、俺たちが天竺茶碗をもらうんだ」

「でも、巳之助は素直に応じますかね」

「万が一の時は力ずくでも奪い取る。こっちは四人もいるんだ」

三津五郎は納得いかないような顔をしているが、

「まあ、旦那の言うことなら従いますよ」

と、渋々答えた。

「お前は池之端仲町の友達のところに行って、巳之助のことでもきいてみろ。他にも何かわかることがあるかもしれない」

九郎兵衛は小春に命じた。

外を見ると、また雪が舞い始めてきた。この冬は雪が多い。

三

巳之助は寒さと怒りから自然と家に帰る足が速くなった。

粉雪も舞っている宵五つ（午後八時）頃だった。

巳之助は小梅村の小屋に突然押しかけたのだ。あの浪人たちは巳之助が来るとは思っていなかったはずだ。

だから、あの男が言っているように天竺茶碗が偽物だったというのは嘘ではないだろう。

一体、何が目的で天竺茶碗の偽物を内蔵に置いていたのだろう。あの破るのが困難な錠前を掛けてあるから、ただ盗まれてもいいように置いてあったわけではなさそうだ。なぜ偽物を大切に保管していたのか。

巳之助は頭を絞ったが、まだわからなかった。

あの浪人たちのことも気になっていた。

巳之助をわざわざ仲間に誘ってきた。俺を利用するつもりなのだろう。あの者たちは自分に天竺茶碗を盗らせて、金に換えるつもりに違いない。あの者たちと組んでもいいことはない。

巳之助が日本橋久松町の長屋木戸をくぐり、自宅の腰高障子を開けようとしたとき、隣の家から庄助が出てきた。

「巳之助さん、ありがとう」

庄助はいきなり礼を言った。

「何がです」

と、何のことを言っているのかさっぱりわからないのできいた。

「妹のことだよ。あれから、出羽守《でわのかみ》さまに狙われることがなくなったらしいんだ」

庄助は安堵した顔で言った。

「そうですか」

巳之助は短く返した。

「なんでも奥方が助けてくれているそうだ。だけど、その奥方も体が弱いみたいで、そんなに先が長くないようなことを言っていた。特にここ数日、急に弱ってきたみたいで、お君《きみ》も心配しているんだ」

巳之助は、もしかしてと思った。あの奥方は体が弱っているけど、そんな余命幾ばくもないようには見えなかった。

「きっと、大丈夫ですよ」

巳之助はそう言い、軽く会釈してから家に入った。

行灯の灯りを点けて、忍び込むときの黒装束を用意した。

狙うは『亀田屋』だ。

もちろん『亀田屋』は、以前に忍び込んだときより警戒が厳重になっているだろう。それに、今日は盗まれた天竺茶碗を持ってきた者がいるので、なおさら警戒しているに違いない。

それでも、巳之助は忍び込む自信があった。ただ、すぐに天竺茶碗が見つかるとも思っていない。何日かかけても盗るつもりだ。茶会まではまだ日数がある。それまでには絶対に出来ると自分に言い聞かせた。


『亀田屋』の中に見張りはいなかった。

巳之助は真っすぐに内蔵に行った。内蔵の外扉の錠前は二重に掛かっていた。この間と同じ手段で開ければいいが、ただでさえ開けるのが面倒な錠前だ。それがふたつもあればさらにやっかいだ。

巳之助は眉間に皺を寄せて、細い釘を二本使って穴に差し込み、回していた。

ひとつ目の錠前が、静かな音を立てて開いた時、背後に人の気配を感じた。

驚いて、飛びのいた。

「盗人！」

目の前にいる棍棒を持ったがっちりとした体の若い衆が声を上げた。後ろには数人若い衆が控えている。

巳之助は中庭に飛び降りた。

若い衆たちは内廊下の至るところで立ち塞がり、巳之助は袋の鼠となった。

「神田小僧か！」

ひとりが叫んだ。

「そうに違いない」

他の者の声がした。

巳之助はどこかに逃げる隙はないかと見回していたが、廊下を伝う足音がして、さらに若い衆たちが集まって来た。

（床下しかない！）

若い衆がじりじりと詰め寄ってくる。

巳之助は床下に飛び込み、勢いよく地面を這いながら進んだ。

「床下だ。庭に向かえ」

という声が聞こえた。

頭のなかで必死に『亀田屋』の部屋の配置を思い出していた。

女中部屋の隣にある内風呂には誰もいないかもしれない。

巳之助は這って内風呂の下まで来ると、耳を床板に当てた。足音もしなければ、床が軋《きし》む音もしない。

誰もいない。

そっと、板を外して這い出た。

内風呂の脇を進んだところに扉があり、庭に出られる。

巳之助は脱衣所を通って、内風呂の脇を進んだ。

扉の前に立ち、ひと呼吸置いてから半分開けて、裏庭の様子を窺った。

ちょうど、若い衆たちが裏庭に駆け付けてこっちに向かっている最中だった。

(今しかない)

巳之助は扉を開けて飛び出すと、駆け出した。

「いたぞ!」

一斉に巳之助めがけて追ってきた。

巳之助は急いで塀に鉤をかけて飛び越えた。

しかし、すぐに裏口の方から若い衆たちが出てきて、巳之助を追いかけてくる。

巳之助は反対側に走り、次の角を曲がろうとした。

その時、三人の男たちが角から現れた。

板挟みだ。

巳之助は念のために持っていた匕首を懐から取り出して、前後を交互に見た。

向かいの土蔵造りの商家の塀を飛び越えるしかないと思ったとき、

「こっちだ」

と、角から現れた三人の男のひとりが言った。どこかで聞いたことのあるような声だと思いつつ、巳之助はその男たちの横を走り抜けていった。

翌日の昼頃、巳之助は小石川の辺りで「いかけえ」と声を掛けて歩いていた。

右手には河村《かわむら》出羽守の屋敷が見える。門番所から鋭い視線を感じたので、その場に立ち止まることは出来ず、ぐるっと一周回ってから神田川を下流に向かって戻っていった。

小石川橋の袂に差し掛かった時、ふと目の前に大きな体の編み笠を被った浪人が見えた。

巳之助は浪人を避けて通ろうとしたが、

「昨日は大変だったな」

と、浪人が低い声を発した。

昨日の声の主だ。

浪人が深くかぶった編み笠を右手の人差し指で上げた。

鋭い目つきと頬の刀傷が見えた。

「まさか、忘れたわけじゃないだろう」

天竺茶碗を盗んだ浪人だった。

「松永《まつなが》九郎兵衛だ」

浪人は名乗った。

巳之助は無視をして先に進もうとしたが、九郎兵衛の手が伸びてきた。

「待て」

と、腕を掴まれた。

巳之助は、するりと腕を抜いた。だが、次の瞬間、九郎兵衛は巳之助の目の前に立っていた。

「昨日、天竺茶碗は見つかったか」

「………」

「その様子じゃ見つからなかったようだな」

九郎兵衛は試すような目で見てきた。

「俺たちと組む話、考えてくれたか？」

「………」

巳之助はそれには答えず、

「どうして、昨日あそこにいたんだ」

と、きいた。

「お前が盗んだ物が偽物だとわかって、黙っていないだろうと思ってな。必ず、昨日のうちに『亀田屋』に忍び込むと睨んだ。万が一、神田小僧が失敗したときに助太刀できるように外で待っていたんだ」

「そんなことまでして俺に近づく訳は？」

「俺たちの仲間になる奴だ。見捨てるわけにはいかん」

「仲間になるなんて一言も言っていない」

巳之助は突き放すように言った。

「『亀田屋』はなかなか手強い。お前だって、昨日追われてみてわかっただろう。この間は盗みだせたかもしれないが、今回はひとりでやっても無駄だ」

「…………」

「それなら、組んだ方がいいに決まっている」

九郎兵衛は決めつけた。

巳之助は九郎兵衛の自信に満ちた目を見ながら考えた。たしかに、九郎兵衛の言っていることは一理ある。昨日の様子ではそう簡単に天竺茶碗は盗めそうにない。

ただ、九郎兵衛と組むとして心配事もある。

「天竺茶碗を盗んだあとは売って金に換えるつもりだろう」

巳之助は露骨に嫌な顔をした。

「お前の望み通りにする」

九郎兵衛が巳之助を真っすぐに見て答えた。

「望み通りに？」

巳之助はきき返した。

「お前は与兵衛を破滅させたいんだったな？」

九郎兵衛の目が怪しく光った。

「そうだ」

「お前はもうわかっていると思うが、天竺茶碗は茶会の前に売るつもりだった。だが、お前の力を借りるとなれば仕方ない。すぐには売らないでおく」

「いずれにせよ売るんだな」

巳之助は確かめるようにきいた。

「『亀田屋』に売ることはしない。まあ、茶会の前に『亀田屋』に売りつければかなりの額が見込めるが、そこは我慢する。あの天竺茶碗だから、他で売ったとしても高値が付くだろう。茶会の時にあの天竺茶碗がなければ、結局亀田屋与兵衛は困るんだからいいだろう?」

九郎兵衛が人を喰ったような太々《ふてぶて》しい顔をした。

だが、亀田屋を破滅させるのが自分の目的だ。九郎兵衛の言うことに文句はつけられなかった。

こんな素性の分からない怪しい浪人の誘いなど断った方がよさそうだと思いつつも、頭の切れそうな九郎兵衛と対していると話に乗ってもいいような気がしてきた。

九郎兵衛は巳之助の心を読んだのか、

「ついてこい」

と、背を向けて歩き出した。

九郎兵衛の背中が一回りも二回りも大きく見えた。

「待て」

今度は巳之助の方から呼びかけた。

「なんだ」

九郎兵衛は顔だけ振り向いた。

「さっき言ったことは嘘ではないだろうな」

「茶会のあとに売るということか？」

「そうだ」

巳之助は力強く言った。

「嘘じゃない」

九郎兵衛は答えた。

「それなら」

巳之助は九郎兵衛の横に並んで歩き出した。

九郎兵衛に連れていかれたのは、昨日の小梅村の小屋だった。

小屋の中に入ると、この前の連中が火鉢を囲んでいた。

巳之助は九郎兵衛に勧められるがままに、皆の前に腰を下ろすと軽く頭を下げた。

「このやさ男が三津五郎で、背の高いのが半次、あの女が小春だ」

と、九郎兵衛が紹介した。

「この小屋はあんたのものか」

巳之助はきいた。

「いや、小春のものだ」

九郎兵衛が答えた。巳之助は小春に顔を向けた。

「ここに住んでいるわけではないだろう。何に使っているんだ」

「色々と便利なのよ」

「お前さんが建てたのか」

「そこまできく必要ある？」

「一緒に事を起こすんだ。色々と聞いておかないと」

巳之助は用心するように言った。これから天竺茶碗を一緒に盗む仲間になるわけだ。一応、ひと通りのことを聞いておかなければ気が済まない。

「私の師匠の物よ」

小春がため息をつきながら言った。

「師匠？　誰だい、そいつは」

三津五郎が口を挟んだ。

「掏摸の師匠よ」

「もう亡くなったのか」

「ええ、三年前に」

小春は寂しそうに答えた。

「その師匠が亡くなったからお前さんが使っているんだな」

巳之助は念を押すように言った。

「そうよ。私は捕まったことはないし、ここは岡っ引きにも知られていない場所よ。近所に住んでいるのも、隠居たちばかりだし、滅多に顔を合わせることがないから怪しまれていないわ」

小春は安心させるように言った。

「師匠は捕まったことがあるのか」

巳之助はすぐさまきいた。

「いえ、ないけど」

小春は後に続く言葉を飲みこんだ。

「そうか。なら、平気だ」

巳之助は冷静に言った。この場所が突き止められなければ、自分に累は及ばないと思った。

巳之助は次に半次の顔を見た。

「お前さんも掏摸かい」

「いや、俺は博徒だ。まあ、頼まれれば色んなことをする。ずっと、三日月の旦那についている」

「三日月の旦那？」

「俺のことだ」

九郎兵衛が答える。

「いつからだ」

巳之助は半次に再びきいた。

「さあ、あれは三日月の旦那が、藤吉《とうきち》と一緒にいたころだから……」

半次は思い出すように言った。

「藤吉って？」

巳之助はすかさずきいた。

「わざわざ聞くようなことではない」

九郎兵衛が口を挟んだ。

「何かやましいことでもあるのか」

「ない」

「では、話してもいいだろう」

「そのうちに話す」

九郎兵衛は譲らなかった。巳之助はもっときこうかと思ったが、口を真一文字に閉じた九郎兵衛の顔を見て、ちょっとやそっとでは話してくれそうに思えなかったので諦めた。

「この天竺茶碗を盗むというのは旦那が考えたものか」

「そうだが、話せば少し長くなる」

「聞かせてもらう」

巳之助は素っ気ないほどきっぱりと言った。

九郎兵衛は苦笑いしてから、

「『亀田屋』にお七という娘がいて……」

と話し出した。三津五郎がお七を人質に見せかけて金をせびろうとした。そのお七を百両で九郎兵衛が連れてくる約束を亀田屋与兵衛と取り付けたが、騙されて一両しかもらえなかったそうだ。

「それより、お前は恨みがあって天竺茶碗を盗んだと言ったな。何があったんだ」

今度は九郎兵衛が巳之助にきいた。

これだけ話させているのだから、巳之助も答えざるを得ないと思った。

「俺は木曽の生まれで、八つの時に江戸にやってきて、十二の頃まで『亀田屋』で奉公していたんだ」

「え！」

全員が意外そうな顔をした。

巳之助は続けた。

「『亀田屋』にはお七の姉でお市《いち》という娘がいる。しょっちゅう俺のそばに来ては、生まれはどこだとか、親はどうしたのだとか、私のことが好きかとか、問い詰めるように聞いてきた。ませた娘だった。お市が勝手に俺に近づいているだけなのに、与兵衛は俺がお市にちょっかいを出したと思い、俺を木に縛り付けて木刀で殴ったんだ。その後、俺は『亀田屋』を追い出された。俺はお市に手なんか出していなかった。なのに、お市は俺を庇ってくれなかったんだ。『亀田屋』を追い出されたあと俺はみじめな暮らしを送った。そんな時、鋳掛屋の男に拾われた。あの時に受けた屈辱をいつか晴らそうとずっと思っていた。そして、来月の初めの茶会で天竺茶碗を披露したあと、松平家に返すことになっていることを知り、それがなければ与兵衛を追い詰められるだけでなく、もしかしたら『亀田屋』を潰すことだってできるかもしれないと思ったんだ」

巳之助は長く語った。誰も途中で口を挟むものはいなかった。皆、巳之助の話に真剣な面持ちで耳を傾けていた。

「だが、天竺茶碗がなくなったというだけでは『亀田屋』は潰れないだろう」

九郎兵衛が呟いた。

「いや、天竺茶碗を返せなければ、責任を問われるはずだ」

「神田小僧が盗んだことにして責任逃れをするかもしれない」

「そんなはずはない。それと、もうひとつ調べていることがあるんだ」

巳之助は言った。

「なんだ」

「河村出羽守だ」

「河村出羽守というと、勘定奉行の？」

九郎兵衛は名前だけは知っているようであった。

「『亀田屋』は河村出羽守に賄賂を贈っている。出羽守は他の旗本たちにも『亀田屋』から薪炭を買うように仕向けている。ただ、それだけじゃないと思っている。もっと他に強い結びつきがあるはずだ。この証を摑めば、『亀田屋』を潰すことが出来るだろう」

巳之助は怒りを抑えながら言った。

「うーむ」

九郎兵衛は腕を組んで唸り、

「それで、河村出羽守の屋敷には忍び込んだのか」

「ああ」

「まだ、その証は見つかっていないんだな」

「だが、直ぐに見つけだす」

「では、今夜盗みに入れ」

「そのつもりだ」

「俺たちも手伝う」

「いや、手伝ってもらうことはない」

「だが、『亀田屋』の二の舞になったらどうするんだ」

「もう、そんなへまはしない。それに、お前さんたちがいたほうがしくじるかもしれない」

巳之助は冷たく言い放った。

九郎兵衛は組んでいた腕を解き、

「河村出羽守について調べてみる」

と、言った。

「いつも集まるのはここだな」

巳之助はそれだけ確かめると、去っていった。商売の途中だったので、大川を渡り今戸《いまど》あたりまで来ると、「いかけえ」と声を掛け出した。


その夜、巳之助は小石川の出羽守の屋敷に着くと、いつものように隣の屋敷から忍び込んだ。

見廻りの者が目を光らせていた。裏門から出て、南側の表通りまで行くと戻ってくる。庭にも見張りがいる。

巳之助は前回探していない部屋を時間の許す限り、片っ端から探ってみようと考えていた。

床下から納戸に上がり、箪笥に足を掛けて天井裏に入った。厠《かわや》の両隣にも物置のような部屋があり、そこに足を向けていた。

厠は出羽守の寝室の少し先にある。

ちょうど、出羽守の部屋の上を通るとき、がさごそと物を漁るような微かな音がした。

巳之助は板をそっと外して、下を覗いてみた。

有明行灯の灯りのもとで、出羽守が何かいじっている。

何だろうと、よく目を細めて見極めようとした。

粉薬だ。出羽守は粉薬を調合している。自分で飲むのだろうか。だが、わざわざこんな夜遅くに薬の調合などしなくても良さそうなものだ。

出羽守は調合し終えると、紙に包んで手文庫にしまった。

それが終わると、夜具に包《くる》まって目を閉じた。

巳之助は板を戻し、少し進んでから厠の隣の部屋に降り立った。

ここには弓や槍が所狭しと壁に架けてあった。それらには手を触れず、部屋の奥の方に行くと、大きな箱が三つ並べてあった。

巳之助は順に開けていったが、刀が入っているだけで、書類のようなものは見つからない。

どこかから音がしたので、巳之助は去ることにした。

隣の屋敷を伝って、通りに出た。

「おい」

いきなり声をかけられた。

巳之助は、はっとして振り返った。

饅頭笠にたっつけ袴姿の武士が立っていた。

「見つけたか」

と、向こうからきいてきた。

「………」

巳之助が黙っていると、

「足音がした。引くぞ」

と、神田川に向かって走り出した。巳之助もついていくと、

「組頭が急かしている」

「組頭が？」

「出羽守さまに気づかれているかもしれないと言っているんだ。早いところ探し出

すんだ」

男はそっと立ち去っていった。

一体、あの武士は何者で、誰と勘違いしたのだろうと疑問に思った。

四

翌日、巳之助は『亀田屋』の裏を肩に道具箱をかけて歩いていた。『亀田屋』には忍び込まないつもりだったが、念のために様子を探りに来たのだ。

やはり、厳重そうだった。

巳之助は神田明神の方に歩いていった。

明神下に差し掛かった時、後ろから女に声を掛けられた。

「あっ」

巳之助は相手の顔を見て、思わず顔を俯けた。お七であった。この間、盗みに入ったときに会って以来だが、あの時は向こうも気付いていないだろうから、こうやって顔を合わせるのは十数年ぶりになる。

「やはり、巳之助じゃありませんか。ひょっとしたらと思って、あとをつけてきたんです」

お七は笑顔で言った。

「お嬢さま、お久しぶりでございます」

巳之助は知らぬ顔も出来ず、頭を下げた。

「元気だった？」

「ええ」

「今は何の商売を？」

「鋳掛屋です」

「そう、お前は器用だったわね」

お七が思い出したように言い、

「久々に会ったんだし、ちょっと話が出来るかしら」

と、近くの腰掛茶屋を指した。外にいくつか大きな傘が立ててあって、その下に長床几が並んでいるだけの簡易なところだった。

「少しなら」

巳之助は何か聞きだせるかもしれないと思った。

ふたりは長床几に腰を下ろし、茶と菓子を出してもらった。

それから、お七は巳之助に体を向け、まじまじと見つめた。

「あの節はごめんなさい。何の力にもなれなくて……」

「………」

巳之助は言葉が出なかった。

「巳之助、この通り」

お七は頭を深々と下げた。

「お嬢さま、顔をお上げなすってください。私のことはもういいんです」

「いや、私はお前が姉にちょっかいを出していないということはわかっているの。だからこそ、お前が何の謂《いわ》れもない罪でうちを追われる羽目になって、本当に申し訳なくて……」

お七の目が潤んでいた。

「もういいんです。あの時のことは忘れました」

巳之助は吹っ切ったように言った。

お七はしばらく考え込むようにして、巳之助を見ていた。

「あの後、まだ江戸に残っていたの？」

「はい」

「今はどこに住んでいるんだい」

「………」

巳之助は戸惑った。

「答えたくないならいいの」

「いえ、日本橋久松町です」

「近くね」

巳之助はつい口が滑ったと後悔した。お七に限って何かしてくるわけはないと思うが、それでも言わないに越したことはない。ただ、巳之助はお七にだけは恨む気持ちを持てないのだった。

「お姉さまは？」

巳之助がきいた。

「深川の入船町《いりふねちょう》の『木村屋』の次男が婿養子に入りました」

『木村屋』といえば、材木問屋で大きな店だ。父親の与兵衛が『木村屋』と懇意にしたいがために、次男を婿に貰ったのだろう。

「お嬢さまはまだお嫁には？」

巳之助は三津五郎のことを頭に浮かべてきいた。もう嫁いでもいい年ごろだ。だが、三津五郎と一緒になることは与兵衛が許さないだろう。誰か決まった相手でもいるのだろうと思っていた。

「いえ……」

お七の口が重くなった。瞬きが多くなり、手を擦りだした。何か隠しごとをしているときのお七の癖だ。昔もそうだった。

「もう決まっているのですね」

巳之助は決めつけるように言った。

「ええ、後添えですけど」

お七は沈んだ顔をして答えた。

「後添え？」

巳之助はきき返し、

「誰のですか？」

「河村出羽守さまよ」

「…………」

巳之助は息をのんだ。

出羽守はお七とは歳が離れているし、奥方もいる。何か勘違いしているのではないかと思った。

「あの勘定奉行の？」

「そうよ」

「でも、歳が……。それに奥方がいらっしゃるのでは」

「病に臥しているそうで、もう先は長くないと」

「先が長くない？」

巳之助は思わず声が大きくなった。

この間、奥方に薬を渡して話したときには具合は悪そうだったが、命に別状はなさそうだった。

ふと、昨日の晩のことを思い出した。出羽守が粉薬をいじっていた。もしかして、奥方が飲む薬の中に何か悪いものでも混ぜているのではないか。

「あっ」

お七が急に声を上げた。

「巳之助、そろそろ帰らなければ」

そう言って、お七は財布を取り出そうとした。

「いえ、私が」

巳之助は財布を引っ込めさせ、お七に行くように目で合図した。

「また会いましょう」

お七は長床几から立ち上がり、去っていった。

巳之助はその後ろ姿を見送ると、商売に戻った。


その日の夕方、巳之助は小梅村の小屋に行った。

三津五郎や小春は巳之助が来ると思っていなかったのか、意外そうな顔をしていたが、九郎兵衛は「よく来た」と出迎えた。

「昨日はどうだった？」

九郎兵衛が真面目な硬い表情できいてきた。

「まだ出羽守と『亀田屋』の書類は出てきていない。だが、ちょっと気になることがあるんだが」

巳之助は厳しい声で九郎兵衛の顔色を窺うように見た。九郎兵衛は片眉を上げて、

「言ってみろ」という具合に目で合図した。

「この間入ったときにもいたのだが、俺以外にも出羽守の屋敷を狙っている奴がいる。そいつが俺を仲間と勘違いしたのか話しかけてきたんだ」

「何と言っていた？」

「出羽守に気づかれそうだから、急ぐようにと」

「気づかれそう？　一体、なんのことだ」

九郎兵衛は考え込むように顎に手をやった。

「ただの盗人ではなさそうだ。饅頭笠を被って、たっつけ袴を穿いた侍だ」

巳之助は付け加えた。

三津五郎は出羽守に恨みのある旗本がいて間者《かんじゃ》を送り込んでいるのではないかなどと言ったが、九郎兵衛はずっと考えを巡らせていた。

巳之助もしばらく一緒になって考えてみたが、思い浮かばなかった。

そこでもう一つの話を切り出した。

「それと、さっきお七と会って話した」

「なに、お七と?」

三津五郎が顔を向けた。

「向こうから話しかけてきたんだ」

巳之助は三津五郎に顔を向け、軽く頷いた。

「それで」

三津五郎は身を乗り出した。

「俺のことを気遣っていた。姉のお市は入船町の『木村屋』の次男を婿に迎えたということと、お七は河村出羽守の後添えになると言っていた」

「え?　そんなこと聞いていないぞ」

三津五郎は調子が外れたような声を出した。

「三津五郎さんには言えなかったのよ」

小春がお七の気持ちを察するように言った。

「俺には心を許しているのに」

「三津五郎さんも、まだまだね」

小春がくすっと笑った。

三津五郎は唇を歪めた。

「でも、どうして出羽守なんだ。奥方はいないのか」

九郎兵衛がきいた。

「奥方は今病で床に臥している」

「大病なのか」

「初めはただ咳が止まらないだけだったが、今は危ないらしい。ちょっと気になることがある。この間、天井裏から出羽守が奥方の薬に何か入れているのを見たんだ」

巳之助はあの薬が奥方の飲むものかどうかわからなかったが、そうに違いないと決めつけていた。

「出羽守は毒でも入れているのか」

九郎兵衛はいつもの鋭い目つきになった。

「俺も毒ではないかと思う」

巳之助は頷いた。

「お七を手に入れたいがためにそこまでするか」

三津五郎が尖った口調で、疑うように首を傾げた。お七が後添えのことを話してくれていなかったのが余程納得いかないのか、まだ怪訝な顔をしている。

「病気の奥方に用はないと、徐々に弱まるような何かを入れているのだろう」

巳之助は落ち着いて言った。

三津五郎は「ふうん」と納得したのか、それとも受け流しているのか、どっちともつかないような言い方をした。

「薬は誰が飲ませているんだ」

九郎兵衛がきいた。

「女中が交代で飲ませている」

奥方の苦しそうに咳き込む姿と、お君の嫌がる顔が巳之助の頭を過《よぎ》った。

奥方がいなくなれば、庄助の妹のお君が出羽守に再びちょっかいを出されるかもしれないという思いがある。それに奥方自身も不憫でならない。

「今日も出羽守の屋敷に忍び込むつもりか」

九郎兵衛がきいた。

「そうだ」

巳之助は、はっきりと答えた。

「『亀田屋』には？」

「まだどうやって内蔵に入り込むか考えがまとまっていない。二重に錠前が掛かっているし、一度失敗しているから迂闊には入れない」

「そうだな。天竺茶碗はなかったとしても、出羽守と『亀田屋』の関係を暴くことが出来ればいいな」

九郎兵衛が厳しい目つきで見た。

「『亀田屋』から天竺茶碗を盗むのは難しい。ただ、出羽守の屋敷からふたりの関係を暴く書類は盗み出せるかもしれない」

（仮に天竺茶碗が出てこなくても、その書類が出てきただけで与兵衛を破滅させることができる）

「もし、その場合、お前さんたちはどうするつもりだ」

巳之助はきいた。

「その時には奉行所にでも訴え出る」

九郎兵衛はあっさりと答えた。

「金は要らないのか」

そもそも、九郎兵衛たちは金にならなければ、盗みなど働かないと思っていた。

「金は何かしらの形で取る。だが、お前の望むように『亀田屋』を陥れてからだ」

九郎兵衛は安心させるように言った。

真っすぐな眼差しだった。巳之助は九郎兵衛がその場限りの出まかせを言っているのではないかと疑っていたが、この男は信用できそうだ。

「わかった。『亀田屋』を破滅させてくれれば後は何をしても構わない」

巳之助は顔を引き締めて言った。

「書類はあとどのくらいで見つかりそうだ」

九郎兵衛がきいた。

「今夜、見つけられるだろう。今まで色々と考えられるところは全て探ってみたがなかった。女中部屋や奥方の部屋、そして長屋の方は探っていないが、そんなところに置いておいたら誰に持ち出されるかわからないから、さすがにないと思う。一番考えられるのは出羽守の寝室だ。そこを探りたいが、夜あいつが長い間いなくなる時がない」

「寝室か……」

「出羽守を寝室から外におびき寄せるいい方法はないか」

巳之助は九郎兵衛にきいた。

「おびき寄せるより、昼間に盗みに入ればいい」

「昼間に？」

不意に言われて、声が上ずった。

「昼間なら寝室に寄ることもないだろう」

「そうだが、昼間は見張りが厳しい。いつも隣の屋敷から入っていくがそれさえも人目につく」

当たり前のことだ。巳之助は今まで昼間に盗みに入ったことはないし、他の盗人でも聞いたことがない。

しかし、九郎兵衛は当然のごとく、

「堂々と表門から入ればいいじゃないか」

「どういうことだ？」

「職人か何かに変装して入るのだ。庭木の手入れをするだとか、屋根瓦の手入れをするだとか言って入り込めばよいだろう」

「でも、すぐに怪しまれるんじゃないか」

「押し通せば何とかなる。後で違うと気付かれるかもしれないが、その時にはもう俺たちが去った後だ」

九郎兵衛は自信に満ちた目をしていた。

巳之助のやり口ではない。そんな真似ができるだろうかと思った。

「旦那は今までにそういうことをしたことがあるのか」

「何度もある」

九郎兵衛は力のある声で答えた。

三津五郎、半次、小春はその考えに乗っているようだった。

巳之助は考えた挙句、

「それしかないか」

と、呟いた。巳之助としては、顔を晒すことに抵抗がある。だが、九郎兵衛の顔を見ていると、なぜだかその方法でも大丈夫だろうと思えてきた。

「では、明日だ。瓦職人の恰好をしてこい」

九郎兵衛はそう言って、締めくくった。

巳之助は頷いてから立ち上がると、誰よりも先に土間に向かった。戸を開けると、冷たい風が小屋の中に入り込んできた。だが、巳之助は寒さを感じないくらいに気持ちが昂っていた。


翌日の朝四つ（午前十時）、九郎兵衛が河村出羽守の屋敷の表門、門番の詰め所に顔を出した。巳之助は三津五郎、半次と共にその後ろで梯子を持ちながら待っていた。

「瓦の修理に参りました」

九郎兵衛が頭を下げた。

「修理？　そんな話は聞いていないが」

門番は不思議そうな顔をしている。

「たしかに、承ったのですが」

九郎兵衛は眉根を寄せた。

「誰が頼んだのだ」

門番がきいた。

「数日前にご用人が」

「そうか。確かめて参る」

門番はそう言って、屋敷の中に入っていった。用人がいま屋敷の中にいないという報せは小春から受けていた。

しばらくして、その門番が戻ってきた。

「ご用人はいま外出していて、他の者にきいたが誰も知らないと言っておる。ご用人が帰ってくるまで待ってもらえるか」

「いつ頃お戻りになりますか？」

「夕方には帰ると言っていた」

「そんなに？　年の瀬であっしらも忙しくて、後が閊《つか》えているんでございます」

「困ったな……」

「すぐに終わりますので、さっさとやらせてもらえないですか」

九郎兵衛は困ったような顔をして頼んだ。

門番は迷った挙句、

「わかった。すぐに終わるんだな」

「ええ、あっしらは速さが取り柄なんでございますよ」

と、自慢するように言った。

門番は脇の通用口から庭に入るように指示した。

四人は通用口をくぐり、庭をしばらく進んだ。庭には見張りがまだいなかった。

「この辺りだ」

巳之助は樹々があって目立たないところで止まった。

梯子をかけて、九郎兵衛と半次、三津五郎が屋根に上った。巳之助は辺りの様子を窺ってから床下にもぐりこんで、納戸まで這っていくと板を外して上に出た。そこから、箪笥に足を掛けて、天井裏にもぐりこんだ。

足早に進んだ。

奥方のことも気になったが、今は書類を探すことが先だと出羽守の寝室に急いだ。

寝室の上に来ると、誰もいないことを確かめてから、さっと降り立った。近くの部屋に誰かいる気配もない。

掛け軸を外した。

やはり、小さな隠し扉があった。

そこには錠前が掛かっていた。巳之助は細い釘を二本取り出し、錠前をいじりはじめた。この錠前も難しい作りだったが、すぐに破ることが出来た。

巳之助は扉をあけた。中に手を入れ、探ってみた。

すると、木箱に触れた。慎重に取り出して、床に置き、蓋を開けてみた。

中に縁が内側に大きく入り込んだ茶碗がある。

（天竺茶碗だ！）

巳之助は目を剝いた。

『亀田屋』にあるはずなのに……。

巳之助はとりあえずその茶碗を懐に入れた。木箱だけ隠し扉に戻して、施錠をした。すぐさま天井裏から納戸、そして、梯子をかけたところまで戻った。

九郎兵衛たちはまだ屋根に上っていた。

咳払いをすると、三人が気付いたようで降りてきた。

ていた。

「あったか」

九郎兵衛が小さな声できいた。その間に、三津五郎と半次は梯子を屋根から外し

「書類はなかったが、妙なものが見つかった」

「なんだ」

「ともかくここを出よう」

そう言って、庭を戻り通用口から出た。

帰り際に詰め所に寄って、九郎兵衛が礼を言った。

三人は神田川沿いを歩き始めた。この辺りは人通りが多くなかった。

「これだ」

巳之助は懐から僅かに茶碗をのぞかせた。

「それは……」

九郎兵衛が驚いたように言った。

なぜ、出羽守のところに本物の天竺茶碗があるのか混乱した。

第四章　三日月

一

小梅村の小屋で巳之助《みのすけ》、九郎兵衛《くろべえ》、三津五郎《みつごろう》、半次《はんじ》、小春《こはる》の五人が河村出羽守《かわむらでわのかみ》の屋敷から巳之助が盗み出した茶碗を真ん中に車座になっていた。九郎兵衛は両手で茶碗を丁寧に持つと、前かがみになりながらじっくりと見た。

「与兵衛《よへえ》に割られた天竺《てんじく》茶碗と比べて、こっちの方が遥かに古いものに見えるな」

と、九郎兵衛が誰に言うともなく呟いた。巳之助からしてみれば、どちらも同じようにしか見えないが、九郎兵衛がこちらの方が古そうだと言うのであればそのような気もしてきた。

「つまり、本物ってことか?」

三津五郎が身を乗り出してきいた。

「どうだろうな。この間の件もあるし、『亀田屋』は手元に本物の天竺茶碗があると言っていたからそう簡単に決めつけられない」

九郎兵衛はため息をつきながら、困ったように言った。

「だとすると、なぜ出羽守が偽物を持っているかがわからない」

巳之助は呟いた。

巳之助が初めに盗んだ天竺茶碗、与兵衛が持っているもの、そして出羽守の屋敷から出てきたもの、知っているだけでも三つある。天竺茶碗はかなり貴重なものであるから、その三つのなかで本物は一つに違いない。現に、巳之助が盗んだ天竺茶碗は与兵衛が割ってしまったので偽物だろう。与兵衛が持っている天竺茶碗が本物で、出羽守が持っていたものが偽物と考えれば事は単純だ。しかし、出羽守がわざわざ偽物を持つ必要があるとは思えない。

「両方とも本物ってことはないのか」

三津五郎が口にした。

「いや、天竺茶碗は将軍と水戸公と不昧《ふまい》公しか持っていないんだ。それ以外に本物があったとしたらもっと大騒ぎになるはずだからそれはありえない」

巳之助は答えた。

「本物は『亀田屋』が持っているに決まっているじゃねえか」

半次が口を挟んだ。

「いや、お七《しち》を後添えにさせようとしているくらいだから、天竺茶碗だって差し出すはずだ。それほど、『亀田屋』にとって出羽守はなくてはならない男なんだろう」

巳之助はすかさず言った。

「でも、不昧公から預かっているだけなんだから、そんなことは出来ないんじゃないの」

小春が畳の一点を見つめながら、考え込むように言った。

「やはり、出羽守が持っているものが本物のような気がする。出羽守が与兵衛に天竺茶碗を求めた。しかし、与兵衛は天竺茶碗を不昧公が亡くなったときに松平家《まつだいら》に返さなければならないので、偽物をつくった。その偽物を松平家に返そうとしているのではないか」

「偽物を返そうとしている？　松平家を騙すなんて、そんな大それたことを……」

巳之助は異を唱えた。

「よく考えてみろ。じゃあ、なぜ『亀田屋』が偽物を用意しているんだ」

九郎兵衛が言った。

たしかに、そう考えるのが今まで巳之助が考えてきたことよりもしっくりと来る。与兵衛は元々偽物の天竺茶碗をふたつ作っていたのか。与兵衛が元々持っていたものが偽物であれば、そのような細かいことはこの際どうでもよい。

「どう思う？」

九郎兵衛が皆の顔を順に見て言った。

「そうに違いねえ」

半次が言い、三津五郎と小春も頷いた。

「俺もそう考えるのが自然だと思う」

巳之助はしっかりと九郎兵衛の目を捉えた。「与兵衛もただで天竺茶碗を渡すわけはない。その見返りがあるはずだ」

巳之助はきっぱりと言い切った。

「『亀田屋』は天竺茶碗を渡し、お七まで差し出そうとしている。その見返りは何だ？」

九郎兵衛がきいた。

「賄賂以外に出羽守と『亀田屋』の切っても切れない結びつきがある。それを探ろうとしているんだ」

巳之助が強く答えた。

「訳はどうでもいいじゃねえか。それより、出羽守のところにこの天竺茶碗を持っていって強請《ゆす》ろうか」

三津五郎が興奮したように言った。

「勘定奉行になるほどの男だ。そう簡単に脅しが効くような相手じゃない」

九郎兵衛が諭した。

「じゃあ、『亀田屋』にこれを持っていきますか？」

「この前の二の舞になるのはご免だ。やはり、これが本物であるか確かめたうえで動き出した方がいい」

九郎兵衛は苦い顔をした。前回で相当懲りたのか、かなり慎重になっているようであった。

「どうせなら、『亀田屋』の天竺茶碗も盗めばいいじゃない」

小春が口を挟んだ。

九郎兵衛は鋭い目つきで巳之助を窺った。

「それは難しい。いくら俺でも、警戒されてしまっては手も足も出ない」

巳之助は即座に否定した。

「本当に無理か？　錠前を破るのではなくて、内蔵の鍵を盗むとかできないものか」

九郎兵衛が確かめた。

「おそらく、鍵は与兵衛が肌身離さず持っている。それを奪うのは難しい。出羽守の時のように昼間に入るのなら別だが」

「昼間に職人に化けていくというのは難しいだろうな」

九郎兵衛は首を横に振った。

「俺は三日月の旦那が言っているように、出羽守の屋敷から盗んだ天竺茶碗は本物だと思う。それなら、わざわざ偽物を盗む必要はない」

巳之助は確信に満ちたように言った。

「それもそうだ」

三津五郎も賛同した。半次と小春も同じだった。

九郎兵衛は本物のような気がすると言いながら、戸惑いがあるようで、

「やはり、本物かどうかが気掛かりだ。それに、出羽守は盗まれたとわかったら、俺たちを探し出そうとするだろう。だからと言って、本物の天竺茶碗ということにはならない」

と、珍しく煮え切らない口調で話した。

「いや、これは本物に間違いない。茶会の後『亀田屋』は松平家に偽物の茶碗を返すだろう。その後に本物を持っていくんだ。そうすれば、『亀田屋』の立場はなくなる」

巳之助は勢い込んで言う。

「待て、松平家に天竺茶碗を渡すのであれば金は取れない。巳之助の復讐は茶碗を渡さなくても出来るのではないか。ともかく、今はこの茶碗が本物かどうかということと、出羽守と『亀田屋』の繋がりを調べればいい」

九郎兵衛は落ち着いて言い、続けた。

「だが、急がなければならない。俺と巳之助と小春で出羽守の屋敷を探る。三津五

郎と半次で『亀田屋』を調べてくれ。特に、三津五郎。お七から何かききだしてくれ」

この茶碗は本物に間違いないと思うが、もっと調べる必要がある。ただ、小春が言ったように偽物も盗み出せればそんなことをする必要もない。『亀田屋』に忍び込めるか様子を探ってみようと巳之助は思った。

翌朝、巳之助が商売に行く支度をしていると、腰高障子が静かに叩かれて、ゆっくり開いた。

「巳之助さん、悪い」

と、庄助《しょうすけ》の女房が顔をだした。

「うちのひとが呼んでいるんだけど、ちょっと顔を出してくれない」

「庄助さん、どうしたんですか」

「風邪引いたみたいで寝込んでいるのよ」

巳之助はすぐに隣に行くと、庄助が布団に横たわっていた。顔が赤く、目がいくらか窪んでいる。

巳之助は上がり框《がまち》に手をかけ、ゆっくり腰を下ろした。

庄助が体を起こそうとした。

「無理しないでください」

「いや、大丈夫だ」

「横になっていた方がいいですよ」

「頼みがある」

庄助が弱々しい声で言った。

辛そうだ。

「何ですか」

巳之助は庄助を心配しながらきいた。

「もし今日小石川の方を回ることがあるなら、この文をお君《きみ》に渡してくれ。俺が行けないと不安になるから」

「わかりました。そっちを回ってみますよ」

巳之助は庄助の手にある文を取った。

「悪いな。七つ（午後四時）にお君が遣いに出掛けるから、その時に屋敷の裏手で落ち合うことになっている。歳は十八で、俺に少し似ているから見ればわかるだろう」

庄助は重そうな体を横たえた。

「お大事に」

巳之助が庄助の家を出るとき、おかみさんが見送ってくれた。

お君に会えるのは都合がいい。外に出てくるまで待っていなければならないが、屋敷の様子をきくことが出来る。それに、奥方のこともお君にきいてみようと思った。

巳之助は久松町《ひさまつちょう》を出て、神田岩本町、佐久間町を通って、途中、池之端仲町の女に細かい仕事を頼まれ、新黒門町を通って、湯島のほうから昌平河岸《しょうへいがし》の方へ出て、神田川を上流に向かって歩いた。

ちょうど、夕七つであった。巳之助は出羽守の屋敷の裏手に来た。

夜のように裏口から見廻りが出てくることはなかったが、門番が目を光らせていた。

巳之助は門番から見えないように塀際に寄って、お君が屋敷から出てくるのを待った。

いくらも経たないうちに、裏門近くの通用口から若い女が出てきた。肌の色が少し浅黒くて、背はそれほど高くないがはっきりとした目鼻立ちだった。目元や口元にまだ子どものような幼さが残っていた。

襲われた女中だ。あの時はまさか、庄助の妹だとは思わなかった。

巳之助は辺りを見回しているその女に近づき、

「お君さんですか？」

と、声をかけた。

「そうですが」

女は不意に話しかけられたからか、多少警戒しながらも不思議そうに頷いた。

「庄助さんと同じ長屋に住む者です。庄助さんは風邪を引いて来られなくなったので、代わりにこれを」

巳之助は懐から預かっていた文を差し出した。

お君は軽く頭を下げて受け取り、すぐに文を開いた。

「わざわざありがとうございます。大した話があるわけでもないので、今日じゃなくてもよかったんですけど」

お君は口をすぼめるようにして詫びた。

巳之助は首を横に振った。

すると、お君は何か思い出したように、

「もしかして、あなたが巳之助さんですか」

「ええ」

「ああ、そうでしたか。是非、お会いしてお礼を申し上げたいと思っていたところだったんです」

と、明るい瞳が澄んでいた。

「あっしは大したことはしてないんです。それより、あれからどうですか」

巳之助はきいた。

「ええ、お陰様で。どういう訳か、奥方がそのことを知っているようで、殿さまを叱ってくれました」

お君は周囲を憚るように声を忍ばせた。

「それはよかった。奥方のご様子は？」

巳之助は探りを入れた。

「奥方？」

「ご病気だと聞いたので」

「どうしてそれを？」

「庄助さんから聞きました。奥方のご様子はいかがですか」

「それが……」

お君は言いよどんだ。

「体調が良くないのですか？」

「ちゃんと、お医者さまに頂いたお薬は飲んでいるのですが、一向に良くならないばかりか、また少しやせ細りました」

「薬を飲んでいるのに弱っていくのは、その薬がいけないんですよ。もしかしたら、悪いものが混ざっているのかもしれません」

巳之助はさりげなく言った。いくらなんでも出羽守が薬に何か混ぜているとは、まだはっきりしているわけではないので言えなかった。それに、なぜそのことを知っているのかと問われて、天井裏から見たとも言えない。

「ちゃんとしたお医者さまから頂いているのですが」

「でも、誰かがその薬に何かを混ぜているとは考えられませんか」

「え……」

お君は思い当たる節があるように、考え込んだ。

「とにかく、薬を飲むのを止めさせることは出来ませんか」

「出来ないこともありませんが」

「では、そうしてください」

巳之助は力強く言った。

「でも、薬を出さないことを殿さまに気づかれたら」

お君は困ったような顔をした。

「その時にはこれを代わりに飲ませてあげてください」

巳之助は紙に包んだ物を懐から取り出して渡した。

本当は薬ではなく、干した大根を擂《す》った物だが、出羽守が何か混ぜている薬を飲ませるより遥かに良いと思った。

「どうして、こんなものを持っているんですか」

「庄助さんから聞いたので、よく効く薬を持ってきたんです」

「本当に効きますかね」

お君は薬を受け取りながらも、どこか訝しげな目を巳之助に向けた。

「とにかく、試してみてください」

巳之助はお君が自分の言う通りにしてくれるかどうかはわからないが、今夜にでもまた出羽守の屋敷に入り込んだ時に奥方に事情を説明しようと思った。

神田川沿いの通りにふと人影があった。引き締まった体の遊び人風の男が、こっちをずっと見ている気がした。

巳之助はこれ以上話していると、怪しまれかねないので、そろそろ帰ることにした。

「庄助さんに何か伝えておくことはありますか」

「何も」

「では、ここらで」

巳之助はそう言って、その場を立ち去った。

神田川沿いの通りを左に折れてしばらく進んだとき、

「待て」

と、横から男の野太い声がかかった。

巳之助は顔を向けようとしたが、

「振り向くな」

と、脇にちくっと鋭いものが当たった気がした。目だけそこへ向けると匕首《あいくち》が向けられていた。

無駄に抗ってはいけないと感じた。

「商いでこの辺りを通っているだけです」

巳之助は相手を刺激しないように、静かな口調で言った。

「さっき女中と話していただろう」

「それは、あの女中の兄から頼まれて文を届けに来ただけです」

「このまま歩け、振り向くなよ」

「お前は誰なんだ」

「知る必要はない」

「これから商売が」

「黙れ」

男が巳之助の足を後ろから蹴った。

「歩くんだ」

脅すように言われて、巳之助は男に従った。

神田川沿いを下流に向かい、次の水道橋を渡った。そこから、また神田川沿いを進んだ。武家屋敷に挟まれた通りを道なりに進んでいくと、左手に太田姫神社が見えてきた。ここは太田道灌《おおたどうかん》の娘が天然痘を患い、生死の境をさまよったときに、道灌が祈願したところ治癒したことでも知られる神社であった。

「鳥居をくぐれ」

巳之助は指示に従い、境内に入った。そこで、巳之助は後ろから手ぬぐいで目隠しをされた。そのまましばらく歩かされた。

「ここに入れ」

巳之助は背中を勢いよく押された。

前にのめりながら、踏ん張って体勢を立て直した。巳之助は素早く目隠しを外して振り向くと、目が大きく鼻が少し尖っている男の姿が見えた。鋭い目つきは何をしでかすかわからない危うさを帯びていた。

「何が入っている」

男は無理やり巳之助の肩に掛かっている道具箱を取り上げた。

「大したものは入っていません」

巳之助はきっぱりと言った。

男は中を漁って、商売道具をその辺にぶちまけた。

巳之助は隙を狙って逃げ出そうとしたが、男は匕首を巳之助に突きつけ、身動きできないようにした。

「『亀田屋』から何を頼まれている」

「あっしは関係ありません」

「嘘をつくと痛い目に遭うぞ」

男は怒声を浴びせた。

ふと、出羽守の屋敷の近くにいて勘違いして話しかけてきた男のことを思い出した。もしかして、この男と間違えたのだろうか。あの時には、ただの物盗りだろうと思っていたが、巳之助から何か聞きだそうとしている。それも、『亀田屋』を持ち出してきた。

「本当にあっしは関係ありません。一体、何を疑っているのです?」

巳之助はきいた。

「こっちは出羽守が『亀田屋』を通じて大名貸しをしているのをとっくに摑んでいるんだ。お前がその金のやり取りをしているんだろう」

男は決めつけるように言った。

(出羽守が大名貸し?)

巳之助は驚いたが、口に出さずに心に留めておいた。

巳之助は、はっとした。

様々なことが頭の中で渦巻いたが、次の瞬間、目の前に匕首の柄が見え、首元に強い衝撃が走った。

途端に目の前が真っ暗になり、倒れ込んでしまった。

巳之助は目を覚ました。真っ暗で、部屋に誰もいる気配がない。

出入口に向かい、戸に手を掛けた。

だが、開かない。

力いっぱい引いたり、蹴ったりしたがびくともしなかった。反対側につっかい棒があるのだろう。

巳之助は諦めて、窓を探した。しかし、窓には上から木の板が釘で打ち付けられていた。

こっちも駄目だ。

抜け出すとしたら天井しかないと思った。

巳之助は柱をよじ登って、天井の板を外した。

その時、小屋に近づくふたつの足音がした。

天井裏に入り込み、聞き耳を立てた。

「本当に『亀田屋』の手先なのか」

野太い男の声がした。

「ええ、間違いないと思います。さっき、女中と話していて、何やら渡していました」

さっきの男の声だ。

「何を渡していたんだ」

「わからないんですが、『亀田屋』との約束の何かに違いありません。また、どこの大名に何両貸したという証文でしょう。それさえ押さえられればいいんですがねえ……」

また大名貸しの話をしている。

「そいつが白状したのか」

「いえ、いま気を失って倒れています」

「あまり乱暴はするな」

「へい」

戸に手を掛ける音がした。

巳之助は急いで屋根裏を移動して外に出た。

「あ、逃げやがった」

と、男の声が聞こえた。

音を立てないように、そっと地面に降り立つと、一目散に駆け出した。

二

その日の宵五つ（午後八時）、小梅村には九郎兵衛と小春のふたりがいた。

九郎兵衛はじりじりとして巳之助の帰りを待っていたが、一向に巳之助が現れる気配はなかった。

「何やってんですかね」

小春が唇を尖らせてきいた。

三津五郎と半次は一度小梅村に来てから、与兵衛が夜からどこかへ出かけるということを聞き、跡をつけるべくすぐに出ていったのでここにはいない。

「何かに巻き込まれたのかもしれない」

九郎兵衛は思いついたように言った。

「え？　何に？」

小春は不意を突かれたような顔をして言った。

「出羽守の屋敷を調べているときに、見張りの者に怪しまれて連れていかれたということも考えられる」

「でも、まだ昼間だったら屋敷に入り込んでいないんじゃないかしら」

「それもそうだが、巳之助がこの間出羽守の屋敷に入ったときに、屋敷の外に怪しい者がいると言っていたな。そいつが関係あるのか」

九郎兵衛は独り言のように言った。

小春は考えているようで、しばらく黙っていた。

「探しに行く？」

小春が言い出した。

「どこへ行くつもりだ」

「小石川よ」

「小石川？」

「もしかしたら、出羽守の屋敷に捕らえられているかもしれないって言っていたから」

「もしそうだとしても、俺たちにはどうすることも出来ない」

「とりあえず、様子だけでも見に行けば」

「無駄だ。ここで待とう」

「でも」

小春は落ち着きなく、立ち上がった。

「座れ」

九郎兵衛は思わず強い口調になった。

小春はしゅんとして口を噤《つぐ》み、立ち上がって窓から外の様子を見ていた。だが、何も見えないのかため息をついてすぐに戻ってきた。

九郎兵衛は少し強く言い過ぎたと思い、

「そういえば、この小屋はお前の師匠のものだって言っていたな」

と、小春の機嫌を取るようにきいた。

「ええ」

小春は短く答えた。

「師匠っていうのは誰だ」

「どうせ言ったってわからないと思うけど」

「いいから話してみろ」

「市蔵《いちぞう》よ」

九郎兵衛は小梅村で、市蔵という名前を聞いて思い浮かぶ男がいた。

「もしかして、小間物屋市蔵か」

「え、どうしてそれを……」

小春は驚いていた。以前、九郎兵衛は付き合いのあった藤吉《とうきち》から小梅村に凄腕の掏摸《すり》がいると聞いたことがあった。

「実際に会ったことはないが、ある男から聞いた話を思い出してな」

「まあ、有名な掏摸だったみたいだから、知っていてもおかしくないわね」

小春は自分に言い聞かせるように言った。

「市蔵は三年前に死んだと言っていたな」

「ええ」

「それで、お前が跡を継いだのか」

「師匠は私以外に弟子もいなかったし、後を継ぐってほどでもなかったけど。この小屋を貰ったくらいだよ」

「お前だけが師匠に認められたんだろう？」

九郎兵衛は小春のことを持ち上げるように言った。小春は微笑して、何も返さなかった。ちょうど、行灯の灯りを受けて小春の顔が薄赤く、妙に気高く美しく見えた。いつもは気が強そうによく喋るが、こうやって黙っているといじらしく思う。

「どうしてお前のような者が掏摸になろうと思ったんだ」

九郎兵衛はきいた。

「十五のときに、親が死んでお金に困っていたんだ。それから、手っ取り早く金を手に入れられる掏摸を……」

小春は憂いを帯びた目で、静かに答えた。その話を聞き、その目を見ると、根は純真な女なのだと感じた。

「市蔵との出会いは？」

「ある時、両国橋で掏摸をして失敗したの。狙った相手が師匠だった。町方に突き出されるかと思ったら、そんなやり口じゃ駄目だと叱られたの。まさか、名の知れた掏摸だとは知らなかった。それが縁で弟子入りしたんだ」

「それから、市蔵と一緒に掏摸をしていたというわけだな」

「いいえ、師匠は十年前に掏摸を止めてしまって。だから、手口を教わるだけだったんだけど」

「なぜ、市蔵は掏摸を止めたんだ」

「昔、師匠がある商家の旦那から財布を掏《す》ったんだけど、そのことがきっかけで何の関係もない人が、その店の人から酷い仕打ちを受けて殺されてしまったのを見たそうなの」

小春は思い出すように、しんみりと言った。

「市蔵は余程引きずっていたんだな」

「ええ、死ぬまでずっとそのことを気にしていたの。それに、これをずっと持っていたの。富岡八幡宮のお守りよ」

と、首にかけた赤と白の市松模様の懸守《かけまもり》を取り出した。

三津五郎が見せてくれたものと同じであった。

「これは？」

九郎兵衛がきいた。

「死体が片付けられたあとに落ちていたみたい」

「そうか」

九郎兵衛は思いついたように呟いた。

「どうしたの？」

小春が不思議そうに九郎兵衛の目を覗き込んだ。

「三津五郎の父親の話は知っているか」

「いいえ、話してくれないもの」

「あいつの父親は『亀田屋』に忍び込もうとして誤って塀から落ちて死んだんだ。三津五郎は親父と同じ懸守を持っていた」

「え、じゃあ師匠のせいで殺された男というのは……。でも、三津五郎さんの父親は殺されたわけではないんでしょう？」

「三津五郎は裏があると言っていた。『亀田屋』は三津五郎の父親が金を盗んだのだと思い込んで、問い詰めたのかもしれない。その時に誤って殺してしまった。それを隠すために、三津五郎の父親が忍び込んだことにしたということも考えられる。同心にも賄賂が渡っているだろうから、『亀田屋』の言うことを一方的に支持している」

九郎兵衛はそう話しながら、自分の考えは間違っていないと思った。

「もしそうだとしたら、私どうしよう……」

小春の声が震え、おろおろと差し俯いた。

「市蔵のことであって、お前が何をしたわけでもない」

九郎兵衛は狼狽する小春を落ち着かせるように言った。

「でも……」

小春は益々不安そうな顔になっていた。

「それにしても、巳之助はまだ帰ってこないな」

九郎兵衛は戸に目を向けた。

小春の胸中はそれどころではないのか、下を向いて不安な顔をし続けていた。

「もう少しして帰ってこなかったら、俺が様子を見に行ってくる」

「それなら、私もついていく」

「直ぐに三津五郎と半次も帰ってくるだろうから、お前はここに残っていろ」

九郎兵衛は言い聞かせた。

小春は頷き、

「まさか、巳之助が私たちを裏切ったということはないでしょうね」

と、急に不安そうな顔をした。

「それはないだろう」

九郎兵衛は否定した。

「どうして?」

「あいつの目を見ればわかる」

「たったそれだけのことで信じるの?」

「ああ、俺はあいつを信じている」

九郎兵衛は力強く言った。

「そうかしら」

小春は納得できないような顔をした。

その時、がたっと引き戸が開いた。

九郎兵衛が目を向けると、少しやつれたような巳之助が首元を押さえながら入ってきた。

「巳之助!」

九郎兵衛が太い声で呼び掛けた。

小春は、ほっとため息をつきながらも怒りが混じった声で言った。

「何していたのよ」

「すまん、ちょっと訳があって」

巳之助は土間にある瓶から柄杓《ひしゃく》で水を掬い、柄杓に口をつけないように水を口の中に落とすと、部屋に上がって九郎兵衛の前に座った。

「何があったんだ」

九郎兵衛が即座にきいた。

「出羽守の屋敷近くで知らない遊び人風の男に覚えのない疑いを掛けられ、太田姫神社の近くの小屋に閉じ込められていたんだ。首元を匕首の柄《つか》で打たれて、気を失っていたが、天井裏から抜け出した」

巳之助は首元が痛むのか、そこを押さえながら顔を歪めた。

「何の疑いなの？」

小春が九郎兵衛よりも早くきいた。

「出羽守が『亀田屋』を通じて大名貸しをしていると言っていた」

「出羽守が大名貸し？　だから、『亀田屋』と通じていたのか」

「もし、それが本当だとしたら出羽守を失脚させようとしている旗本がいるのかもしれない。その旗本の間者か……」

巳之助が考えるように言った。

「御徒目付《おかち》かもしれない」

勘定奉行の出羽守が羽振りが良いのを不思議に思った御徒目付が調べさせているということもある。

「それより、太田姫神社って言ったな？」

九郎兵衛は引っ掛かるものがあって確かめた。

「そうだが」

巳之助はなぜそれを確かめるのかというように目を細めた。

「相手を見たか」

「ああ。目が大きくて、鼻が少し尖っている仁王のような体の男だ」

「ちょっと、出かけてくる」

いきなり九郎兵衛は立ち上がった。

土間に向かい雪駄を履いた。

「三日月の旦那、どこへ？」

巳之助が慌てた様子で、九郎兵衛の背中に問いを投げかけた。

「訳は後で話す。三津五郎と半次が帰ってきたら、その話をしておいてくれ。俺は今夜は戻ってこないかもしれない。明日の朝、またここで」

九郎兵衛はそう言って小屋を出ると、太田姫神社に足を向けた。


太田姫神社の境内は真っ暗闇であった。本殿の脇にある小屋に近づくと、仄かに灯りが漏れていた。

耳を澄ますと、男の咳払いが聞こえた。

九郎兵衛は戸をそっと開けた。

中にいた男が、途端に匕首を抜いて構えた。

「藤吉！」

九郎兵衛が呼びかけた。

「あ、九郎兵衛か」

「そうだ、俺だ」

途端に、相手の顔がほころんだ。空き巣に入ったとき、運悪く店の者に見つかって捕まった。島流しになると決まり、小伝馬町《こでんまちよう》の牢で船待ちだと聞いていたが……。

九郎兵衛は藤吉に近づき、互いに手を取り合った。

「やあ、しばらくだな」

藤吉が驚きながらも嬉しそうに言った。

「どうしたんだ」

「ある日御徒目付がやってきて、出してくれた。それから、御徒目付の下で働かされている。それより、どうして俺がここにいることがわかったんだ」

藤吉が不思議そうにきいた。

「さっき、河村出羽守の屋敷近くで男を捕らえただろう。そいつが、太田姫神社の近くに閉じ込められたって言っていた。もしやお前かと思ったんだ」

「じゃあ、あいつはお前の仲間なのか」

「そうだ」

「すると、お前は『亀田屋』の下で働いているのか」

藤吉は勘ぐるような目つきになった。

「違う。俺たちは『亀田屋』から天竺茶碗を盗ろうとしていたんだ」

「天竺茶碗ってなんだ」

藤吉がきいた。

「『亀田屋』が不昧公から借りた天竺茶碗が、出羽守のもとに渡っていたんだ」

と、九郎兵衛は今までの経緯を大まかに伝えた。今、出羽守の屋敷から盗った天竺茶碗が手元にあるということも話した。

「早とちりして、お前の仲間に危害を加えたな。すまない、この通りだ」

藤吉は頭を下げた。

「出羽守が『亀田屋』を通じて大名貸しをしているとか言っていたらしいな？」

「まだ確かな証は出てこないが、それはどうやら間違いなさそうだ。出羽守は勘定奉行の地位を利用して、あちこちから賄賂を取り、その金を『亀田屋』を介して大名に貸し付けている。それで儲けた金を老中に贈り、町奉行になろうとしている。出羽守の屋敷から天竺茶碗が出てきたとすれば、それで出羽守をやっつけられるかもしれない」

藤吉が興奮したように言った。

「いや、待て。繋がりを示すだけで、実際に貸し付けている証にはならない。だが、とりあえず御徒目付にはこのことを報告しておいてくれ」

そう言って、九郎兵衛はその場を立ち去った。これで出羽守の方は目付が何とかしてくれるだろう。

あとはどうやって『亀田屋』に一泡吹かせるか。

九郎兵衛はあれこれ考えながら帰途についた。


翌二十五日の朝、三津五郎は小梅村に一番乗りした。続いて、小春、巳之助、半次が来て、最後に九郎兵衛がやってきた。

「旦那、昨日はどこへ行っていたんですか」

三津五郎がきいた。

昨日は巳之助が太田姫神社で何者かに襲われたことと、九郎兵衛が巳之助からその話を聞いてすぐに小屋を飛び出してどこかへ行ってしまったことを聞いて、一体何が起こっているのかわからなかった。

「巳之助を拘束した男がわかったんだ。俺の同志で、藤吉という男だ。今は御徒目付の手下をしている」

九郎兵衛は決め込むように言った。

「え？　藤吉が」

半次は驚いたように声を上げた。

藤吉と言えば、この間何かの折に話が出た人物だと、三津五郎は思い出した。

九郎兵衛は大まかに藤吉と自分との関係や牢を出てから御徒目付の手下をしていることを説明して、

「それで、お前を『亀田屋』の手先と勘違いしていたらしい」

と、巳之助に向かって言った。

巳之助は苦笑いを浮かべていた。

「藤吉が目付に報告する。御徒目付も大名貸しの件を疑っているから、俺のことを信じて、これから本格的に調べ上げるだろう」

九郎兵衛が淡々と言った。

「そうなれば、『亀田屋』を破滅させることが出来るか？」

巳之助が興奮した声できいた。

「御徒目付が動けば、まず出羽守が失脚する。『亀田屋』も道づれだ。それに加えて、与兵衛が偽の天竺茶碗を松平家に返したあとに、本物を松平家に持っていくんだ。そうすれば、偽物を返したこととなり、『亀田屋』は責任を問われるだろう」

「でも、旦那はそこからどうやって金を取るつもりなんだ」

三津五郎が口を挟んだ。

「いや、金のことはもう諦めた」

九郎兵衛はきっぱりと言った。

「え？」

巳之助は意外そうな顔をした。

「俺だって『亀田屋』に二度も愚弄されたんだ。その恨みを晴らせれば十分だ」

九郎兵衛は清々しく言った。

「お前は？」

巳之助は三津五郎に目を向けた。

「俺は金を取らないことには納得できない」

三津五郎は反対した。

その時、小春がちらっと九郎兵衛を見た。

「そういや、お守りをもう一度見せてくれ」

九郎兵衛が三津五郎に言った。

「どうしてだい」

三津五郎は不思議に思った。

「昨日、小春と話していて」

九郎兵衛がそう言ったときに、小春が掏摸の師匠、市蔵から受け取った富岡八幡宮のお守りをそっと差し出した。

「これは？」

三津五郎はきいた。

「私の師匠のよ。昔、師匠がある商家の旦那から金を盗んだせいで、何の関係もないひとが疑われて、その店から酷い仕打ちを受けて殺されてしまったの。そのひとの形見だって」

「まさか……」

三津五郎は首から掛けていたお守りを出した。

そして、首を横に振った。

「親父が……」

「誤って殺してしまったのを隠すために嘘を言っていたとも考えられるだろう。なんせ、相手は『亀田屋』だ」

九郎兵衛が口を挟んだ。

「………」

三津五郎は目を宙に据えて、考え込んだ。親父があんな死に方をするのは不自然だとは思っていた。小春の師匠が自分のせいで死んだと思っていた男が富岡八幡宮のお守りを持っていた。その男が親父であるのは間違いない。

「じゃあ、親父は本当に『亀田屋』に殺されたんだ」

三津五郎は、ぽつんと呟いた。みるみる、父親が死んだときに感じた怒りが再びこみ上げてきたようだ。

拳を固く握り、下唇が震えている。

「ごめんなさい。師匠のせいで、三津五郎さんの親父さんが」

小春が泣きつくように謝った。

「お前が謝ることじゃない」

三津五郎はきっぱりと言った。

「でも、師匠のことを恨んでいるでしょう」

「みんな『亀田屋』のせいだ」

三津五郎の声が掠れ、目が僅かに潤んだ。

「三津五郎、金なんかより『亀田屋』に仕返ししたくないか」

九郎兵衛が言うと、

「わかった」

三津五郎が大きく頷いた。

「俺はこれからお七と会ってくる」

三津五郎は急に立ち上がり、土間に向かった。

「お七と？　もう会うこともないだろう？」

九郎兵衛がきいた。

「そうだが、ずっと俺を信じているのに急に会ってやらなくなると、なんだか可哀想な気もしてな」

三津五郎は草履を履きながら、静かに答えた。

「三津五郎さんらしくないわ」

小春が呑み込めないような顔をする。

「まさか、お七に惚れたんじゃねえだろうな」

半次が声を上げた。

「そんなことねえ。『亀田屋』がなくなったら、お七がどうなるか」

三津五郎は強く言いきって、小屋を出た。


朝四つ（午前十時）頃、三津五郎は両国橋の袂のいつもの腰掛茶屋でお七と待ち合わせた。

「久しぶり」

「お忙しかったですか」

「まあ」

三津五郎は笑ってみせた。

「今日はお付きの人は平気なのかい」

「ええ、八つ半（午後三時）までには戻るという約束で」

それから蔵前の方から、浅草寺の雷門へ通じる表参道を歩いた。道の左右には料理屋などが立ち並び、昼過ぎであったが行列ができている店もあった。

雷門をくぐると、さらに人出が多かった。

浅草寺の境内に入り、脇へと進んでいった。

ようやく奥山へ着くと、芝居小屋があったり、露店が出ていた。お七は何もしなくても三津五郎と話しているだけで楽しそうだったが、三津五郎の心の中は父親や『亀田屋』への恨み、お七の今後のことで入り乱れていた。

「三津五郎さん、大丈夫ですか」

お七が、ふと心配そうにきいた。

「え？」

「何か考え込んでいるようだったから」

「いや、何でもない。ちょっと疲れているだけだ」

三津五郎は出まかせを言い、

「お七ちゃんももう十八だろう。大店の娘だし決まった人がいるんだろう」

と、話題を変えた。

「………」

お七は俯き、苦い顔をした。

「すまねえ、まずいことをきいてしまったか」

三津五郎は謝った。

「いえ……、実はおとっつぁんが勝手に決めた相手がいるんです。後添えですけど」

お七が静かに言った。

「後添え？　相手は誰なんだい」

「河村出羽守さまという旗本です」

「河村出羽守？」

三津五郎はわざと知らない振りをした。お七は出羽守について大まかに話した。

巳之助が話していることと同じであった。奥方が亡くなったときには、出羽守の妻として嫁ぐことになっていると重たい声で言われた。

「会ったことは？」

「何度か。また今度新年の挨拶に行かなければならないのです」

「嫌なんだな」

「ええ」

「じゃあ、俺と一緒に逃げようと言ったときも、もしかしてそれが嫌だから」

「いいえ、決してそれを免れるためだけに三津五郎さんと一緒になろうとしたわけではないんです」

「本当に俺と？」

「はい、そう思っています。出羽守さまとのことは決まっていますが」

お七がどこか恨むように言った。

健気で愛らしく思った。それと共に、珍しくこの純粋な女子の気持ちを弄んできたことに罪悪感を覚えた。

出羽守はいずれ失脚するだろう。後添えには行かなくて済む。だが、『亀田屋』も潰れるかもしれない。

なんとかしてやりたいと思った。だが、俺とは一緒になれない。

「俺なんか、お七ちゃんみたいな良い娘には合わねえな」

三津五郎はしみじみと言った。

「え？」

お七は不意を突かれたように口を半開きにして、三津五郎を見つめている。今までは散々甘い言葉で誘っておきながら、急にそんなことを言われたので戸惑っているのだろう。

三津五郎はどのようにして、出来るだけ傷つけずに別れを告げようかと考えていた。

「もし、これはあなたのではありませんか」

後ろから若い男の声がした。

振り向くと、色白で、鼻筋の通った品の良さそうな顔の男が財布を手に持っていた。

「あ、そうです」

お七がそう言うと、相手の男は財布をお七に渡した。

「よかった。さっき、落とされていたので」

若い男は、はにかむように言った。

「すみません。わざわざ持ってきていただいて」

若い男はお七のことをぼうっと見つめていたが、隣に三津五郎がいるのに気づき直ぐに真面目な顔に戻った。

この男はお七を見初めたのかもしれない。

「お七ちゃん、財布を届けてくれたんだ。何かお礼をしないとな」

三津五郎は咄嗟に言った。

「いえ、そんな」

男は首を横に振った。

「お礼をさせてください」

三津五郎は押すように言った。

「本当にいいんです」

「じゃあ、せめてお名前とお所だけでも」

「上野新黒門町で呉服屋を営んでおります『大松』の倅で沢太郎《さわたろう》と申します」

「上野新黒門町の沢太郎さん」

三津五郎は繰り返した。

「沢太郎さん、ありがとうございました」

隣でお七が頭を下げた。

「では、これで」

沢太郎は去っていった。

ふたりはあまり長居することも出来ないので、露店で団子を買ったり、鳩に餌をやったりしてから奥山を出た。

三津五郎は、お七を両国広小路まで送っていった。

「この辺りで大丈夫です」

お七が言った。

「次会えるのは新年になるかな」

三津五郎がきいた。

「ええ、七日までは忙しいと思うのですが、それを過ぎれば」

「じゃあ、八日の朝四つに両国橋のいつもの腰掛茶屋はどうだい」

「はい」

お七はそう答えてから、

「あの……」

と、不安げに何か言いかけた。

「何だい」

三津五郎は他の男を選んだ方が良いということをまだ引きずっているのかと思った。

「いえ、なんでもありません」

お七は首を横に振った。

「大丈夫かい？」

「今日の三津五郎さんはいつもと違うみたいで」

「じゃあ、また」

三津五郎はお七に答えないで別れると、新黒門町に向かった。

住まいの元黒門町とは近く、町名の由来は寛永寺門前地の黒門町に因《ちな》むが、寛永二年に既に黒門町が存在していたので新黒門町とした。そして、従来あった黒門町を元黒門町とした。

さっき、財布を拾ってくれた沢太郎のいる『大松』を探してみると、すぐに土蔵造りの大きな店が見つかった。看板に現金取引と書かれており、新年の身支度を整えるためか、客がひっきりなしに入っていた。

暖簾をくぐった。

店の中では奉公人たちが忙しそうに動き回っていた。

三津五郎は手近にいた三十過ぎの男に声を掛けた。

「ちょいとお聞きしますが、沢太郎さんはいらっしゃいますか」

「さっき出掛けて、直ぐに戻ると思いますが」

「そうですか。ここで待たせてもらっても」

「ええ、落ち着かないと思いますが、どうぞ」

三津五郎は半刻（一時間）ほど待った。

やがて、沢太郎が戻ってきた。

「若旦那」

三津五郎は声をかけた。

「あなたはさっきの」

「ええ、財布を届けてくださり、ありがとうございました」

三津五郎は頭を下げた。

「わざわざ礼を言いに？」

「いえ、そうじゃないんです。あっしの隣にいたお七という女のことで頼みたいことがございまして」

「え？」

「失礼ですが、若旦那はお独りですか」

三津五郎は単刀直入にきいた。

「そうですが」

沢太郎は不思議そうに答えた。

「お七は神田佐久間町にある『亀田屋』という薪炭問屋の娘なんです。あの娘は親が決めた人を好く思っていないので、あっしに相談していたのです。あっしは江戸を離れないといけなくて、もう相談に乗れないんです。もしよければあっしの代わりに若旦那があの娘の相談に乗ってあげてくれませんか」

三津五郎は真っすぐに沢太郎の目を見て頼み込んだ。

沢太郎はまだ戸惑っているのか、おどおどしていたが、

「でも、私なんかで……」

「いえ、あなたの方が相応《ふさわ》しいでしょう」

「相応しい？」

沢太郎はきき返した。

「とにかくお願いします」

三津五郎は頭を下げた。

「私でお役に立てるのであればお受けしますが」

「本当ですか。では、新年の八日の朝四つに両国橋の袂の腰掛茶屋に行ってください。そこでお七が待っているんです」

「私を待っているんですか」

「いえ、あっしが来ると思っていますが」

「それなら、私が行っても相手にされません」

「いえ、そんなことありません。あっしのことはもう忘れてください。お七もしばらく待ってこなかったら諦めるでしょう」

「そうですかね」

沢太郎は半信半疑のようであった。

「その時に、あっしが頼みに来たことは内緒にしておいてください。それと、たまたま通りかかったということにしてください」

「…………」

「頼みます」

それを告げると、三津五郎は去っていった。

年が明けるまで、もうすぐだった。

三

正月二日の夜中、巳之助は小石川の河村出羽守の屋敷に忍び込み、奥方の部屋にそっと入った。

もう薬を煎じたようなにおいはしなかった。

「誰です」

闇の中で、驚いた奥方の声がした。

奥方はすぐに夜具から抜け出て、構える姿勢になった。

「この間の者です」

巳之助は小さな声で言った。

「薬を飲ませてくれた？」

「ええ、その後お変わりございませんか」

巳之助はきいた。

奥方は安心するように声を柔らかくして、

「あの節は助かりました。でも、あなたは一体何者なのですか」

「…………」

巳之助は何と答えてよいのかわからない。

「何かを盗みに来たのですか」

「いえ」

「その恰好をしていれば盗人と思いますよ」

「私は、悪いことをして稼いだ者からしか金を盗みません」

「うちの殿は悪いことをして稼いでいるのですか」

奥方の声が尖った。

しかし、巳之助はもう全てを打ち明けると決めている。

「出羽守さまは『亀田屋』を通して大名貸しをしています。それで莫大な利益を得て、老中に賄賂を贈って町奉行になるための布石を投じています」

巳之助が言うと、奥方は深いため息をついた。

「何となく、そういうことだろうと感づいていました。いくら亀田屋与兵衛と気が合うからと言っても、あの二人の仲は異常です。実は私は何度か諫《いさ》めたことがあるんです。でも、聞き入れてもらえませんでした」

巳之助はそれで奥方が邪魔になって、病気に見せかけて殺そうとしているのではないかと思った。

奥方は不快を抱いたような顔つきになっていた。

「出羽守さまは『亀田屋』の娘、お七を後添えに迎える約束までしています」

「後添えに？」

と言いかけ、奥方ははっとした。

「やはり、殿さまが私を」

「ええ」

巳之助は頷いた。

奥方は啞然として、言葉を発しなかった。

「こんなことを言うのはおこがましいのですが、ご実家に帰られてはいかがですか。ここにいては害が及ぶだけです」

巳之助は語気を強めて言い含めるように説いた。

しかし、奥方は首を横に振る。

「いま御徒目付がそのことを調べていて、直ぐにお咎めが下ることと思います。奥方さまは出羽守さまと一緒にいないほうがよろしいです」

巳之助は追いうちをかけるように言った。

奥方は暗い顔をして、

「河村家はどうなるのですか」

「減封、最悪の場合改易させられるでしょう」

「改易……」

「奥方さまは何も悪くないですから」

「いえ、私のことはいいのですが、河村家に忠誠を尽くしてくれた家来や女中たちのことを想うと、申し訳なくなります」

と、奥方は肩を落とした。

ふたりとも、しばらく何も言わなかった。

「あなたが暴いたのですか」

奥方がしんみりした声できいた。

「あっし以外にも」

巳之助は後の言葉を濁した。

「うちの殿さまにどんな恨みがあるのかわかりませんが、どうかお願いです。殿さまや私の身はどうなってもいいので、家来や女中たちだけでも救うためにどうにか出来ませんか」

奥方は頼み込むように両手をついて、頭を下げた。

「よしてください。お顔を上げてください」

巳之助は慌てた。

「お願いです。殿さまのせいで家来たちに累が及ぶことになれば、不憫でなりません」

奥方は頭を上げようとしない。

「何とかしてみます」

巳之助は苦し紛れに言った。

「本当ですか？　頼みます」

奥方は縋《すが》るような目で見た。

「どうしてご実家へは帰ろうとしないのですか」

巳之助はきいた。

「これもうちの殿さまに嫁いだ定めです」

奥方は、ぽつんと言った。

武士の妻とはそのようなものなのか。奥方は家来や女中たちのことを心配しているが、巳之助にしてみれば、奥方が一番不憫でならなかった。

「私は貧しい御家人の娘として生まれました。殿さまが実家の面倒を色々見てくれて、貰ってくれたのです。殿さまに対する気持ちがどうであろうとも、恩義はございますし、河村家に生涯身を捧げると決めております」

奥方はきっぱりと言った。

「しかし、殿さまは奥方さまを殺そうとしているのですよ」

「ええ」

「それでもいいのですか」

「いいわけではありませんが……」

突然、廊下から足音がした。

奥方がその方を向いた。

「ともかく、知らせてくれてありがとうございます。誰か来たら大変です。今のうちにお逃げください」

と言いながら手文庫に近づき、しまってあった十両を手に取って巳之助に渡した。

「これは？」

「この間、助けてくれたお礼です」

「受け取れません」

巳之助は返した。

廊下からの足音が近づいてくる。箪笥に足をかけて天井裏に上った。

それから、五日後の七日の昼頃。

『亀田屋』で大規模な茶会が開かれ、松平斉恒《なりつね》など金を貸し付けている大名や、親しくしている豪商たちが集まった。

巳之助は天井裏からその茶会の様子を眺めていた。

与兵衛は偽物の天竺茶碗を客たちの前で堂々と披露した。それを見る者たちも偽物と疑うことはなく、ただ感嘆の声を上げていた。

明日になれば、与兵衛の化けの皮が剝がれる。

巳之助はそう思いながら、茶会を複雑な思いで見ていた。

四

翌八日、晴れた朝だった。

風もなく、陽に当たれば暖かく感じる。

年末は雪の日が多かったが、年が明けてからは晴れ間が続いている。九郎兵衛の心の中もこのような天気と同じく清々しかった。

九郎兵衛は再び織田宗久《おだそうきゅう》に成りすまし、風呂敷包みを手にして『亀田屋』の暖簾をくぐった。

中にいた番頭が「あっ」と声を上げた。この前の男だと思ったに違いない。

「まだ何か用ですか」

番頭は呆れたような顔で寄ってきた。

「今日は是非、旦那さまのお耳に入れておきたいことがございまして」

九郎兵衛は顔色を変えずに言った。

「偽物の天竺茶碗のことであれば、主人はお引き受けできません」

「いえ、本物の天竺茶碗のことです」

「本物……」

番頭は顔を曇らせたが、すぐに取り繕った。

「会わせていただけますかな」

九郎兵衛は太い声で言った。

「…………」

番頭は無言で奥に下がり、すぐに戻ってきた。

「こちらへ」

と長い廊下を伝い、いつもの中庭が見渡せる部屋に通された。

部屋に入ると、与兵衛が厳しい顔で座っていた。九郎兵衛は与兵衛の正面に腰を下ろした。

「ご無沙汰しております。織田宗久でございます。先日は一両でお買い求めくださりありがとうございました」

九郎兵衛は丁寧にお辞儀をした。

「また本物の天竺茶碗などと、変なことを言いに来たのか」

与兵衛が怒るように言った。

「はい、確かに天竺茶碗は私が手にしました」

「何をたわけたことを」

「嘘とお思いなら、出羽守殿にきいてみたらよろしい。既に亀田屋さんの耳には入っていると思いますが」

九郎兵衛は脅すように、与兵衛を睨みつけた。

与兵衛は顎を引いて、苦い顔をした。

天竺茶碗がないとわかったあと、出羽守はどうするか。まずは『亀田屋』に話をするはずだ。『亀田屋』としては、本物がなくても元々偽物を松平家に返すつもりだったのだろうが、本物がどこかに売られたことが知られれば『亀田屋』も責任を取らねばならなくなるので、きっと捜し出そうとするはずだと考えていた。

そして、九郎兵衛をまず疑うはずだと思った。

与兵衛は、九郎兵衛がもう一度『亀田屋』に現れることを予知していただろう。その時には、金を渡すだろうが……。

「お前が盗んだのか」

与兵衛は舌打ち気味にきいた。

「とんでもない」

九郎兵衛は笑みを浮かべた。

「それで、その天竺茶碗を売りに来たというわけだな」

与兵衛は勝手な解釈をした。近くにあった手文庫を手繰り寄せ、中から金子を取り出した。

九郎兵衛は黙って、与兵衛を見つめていた。与兵衛も目を逸らさず、威圧するように睨み返した。

だが、与兵衛の指先が落ち着きなく動いていた。

(動揺している)

九郎兵衛は手ごたえを感じた。まだ九郎兵衛は口を閉ざしていた。

追い込まれると沈黙が恐ろしくなるはずだ。

それを待った。

「いくら欲しいんだ」

やっと、与兵衛が焦った声できいた。

「いえ」

九郎兵衛は首を横に振った。

「なに?」

「ただ、本物の天竺茶碗がありましたので、これから松平家に持っていくと報せに来たまでです」

「そんなはずあるまい」

「いいえ、私をそんな輩だとお思いですか」

九郎兵衛は不敵な笑みを浮かべた。

与兵衛は何やら考え込んでいる。

「まさか、偽物を松平家に返したわけではないでしょうな」

九郎兵衛が蔑むように言った。

与兵衛の眉が微かに動いた。

「お前は何か勘違いしている。まあ、何度もここに足を運んできていることだし、少し値が張ってもお前の持っている偽物の天竺茶碗を買ってやろう」

与兵衛はもう一度買い取りを口にした。

「先ほども申し上げましたが、天竺茶碗を買い取って頂くつもりはございません」

九郎兵衛は撥ねつけた。

初めは金を取ることしか考えていなかったが、二度も虚仮《こけ》にされて、さらに巳之助と話しているうちに金のことよりも、与兵衛を奈落の底へ落としてやりたいという思いが勝った。

「では、ご免」

九郎兵衛は立ち上がった。

「待て！」

与兵衛が呼びかけた。

「何です」

九郎兵衛は座っている与兵衛を見下ろした。

「どうしても、天竺茶碗をこれから松平家に持っていくというのか」

「そうだ」

九郎兵衛は、がらりと口調と顔つきを変えた。

「せっかく、わしが買い取ると言ってやっているのにか」

「ああ」

「なら仕方ない。おい、やっとくれ」

与兵衛は廊下に向かって声を張り上げた。

襖が勢いよく開き、廊下から棍棒を持った若い衆が十人近く部屋になだれ込んできた。九郎兵衛は取り囲まれて、壁を背にして対峙した。

九郎兵衛は不敵な笑みを浮かべた。

相手は体を固めて棍棒を手にしているが隙がある。

だが、囲まれているので油断は出来ない。

下腹に力を込めて、若い衆たちの気息を窺う。すでに与兵衛は部屋を出て中庭の端の方から様子を眺めている。

庭からバサバサと鳥が飛び立つ音がした。

九郎兵衛の正面にいる若い衆がその音に気を取られた。

その一瞬の隙を見逃さなかった。さっと正面めがけて飛び込んで、その男の脇腹に拳を打ち込んだ。

男はうずくまった。

すぐに、その男の棍棒を奪った。

左右から棍棒が飛ぶように九郎兵衛に襲いかかってくるのを躱《かわ》しながら、ひとりずつ相手の手や胴を狙って、棍棒で殴りつけた。

十人といっても、ほんの僅かな間に散り散りになった。起き上がって、ふたたび襲い掛かってくるような強者もいない。

中庭の端にいた与兵衛が慌てて内廊下に上がろうとしたが、足を踏み外して転げた。

九郎兵衛は小走りに与兵衛の傍に行き、梶棒を与兵衛の首元に突き付けた。

「ううっ」

与兵衛は情けない声を出して、額から冷や汗を流している。

「覚悟っ！」

九郎兵衛は梶棒を振り上げた。

「やめてくれ」

与兵衛は大きな声を上げて、目を思い切り瞑った。

梶棒を振り上げたまま、その手を止めた。

与兵衛の言葉を受けてではない。与兵衛ごときを痛めつけても何の得にもならないからだ。与兵衛が泣き声を上げた。

「十年以上前に金を盗まれたと思い込んで、何の罪もない者を捕まえて殺しただろう」

九郎兵衛が口にした。

「そんな昔のこと……」

与兵衛の声は上ずっていた。

「殺されたのは、俺の仲間の親父だ。お前も同じ目に遭わせる」

その時、お七が駆けこんできた。

「お許しください。どんな酷いひとでも私にとっては父親ですので」

と、泣きながら訴えた。

与兵衛は黙って息を荒くしていた。

九郎兵衛は棍棒を下ろした。

内廊下には起き上がった若い衆たちが集まっていたが、誰も九郎兵衛に襲い掛かってこなかった。

「こんな良い娘を出羽守の後添えなんかにしようとして。罰当たりめ」

九郎兵衛は内廊下に上がり、店の土間に向かった。

若い衆や女中などが一斉に道を開いて、その間を通る。その時、殺気のようなものを微かに感じた。

土間で履物に足を入れて、一度振り返り睨みを利かせてから店を出た。

仕返しに来るな、と感じていた。

九郎兵衛は駒形堂に差し掛かった。昼間であるが、人通りは少ない。

「旦那！」

路地から半次が現れた。

九郎兵衛は目で挨拶した。

「どうでした」

半次がききながら、九郎兵衛の愛刀を渡した。

「与兵衛は今にも泣きそうな顔をしておった」

九郎兵衛は刀を腰に差した。

「そりゃよかった。もう復讐が済んだわけですね」

「だが……」

九郎兵衛は横目で後ろを気にした。

半次は九郎兵衛の肩越しに様子を見た。

「つけてきているのは、『亀田屋』の連中ですかい」

「浪人たちを雇ったんだろう。さっき呼びに行ったんだ」

「五人くらいいますぜ。いや、いま二人増えました」

「松平家に持っていく前に俺から天竺茶碗を取り戻そうとするはずだ。まだ手元にあるように言っておいたからな」

「じゃあすぐにでも襲ってくるんじゃないですかね。徐々に近づいてきますぜ」

「ここらで受けて立とう。お前はどこかに逃げておれ」

「いえ、あっしも一緒に戦います」

「一人で充分だ」

「でも、旦那」

「いいから」

九郎兵衛は逃げるように急かした。

だが、半次は譲らない。懐に手を入れた。

「敵は七人です」

「邪魔だ。お前は引っ込んでろ」

「いえ、旦那。すぐ戻ってきます」

半次はさっき出てきた路地に向かって駆け出した。

それを機に、後ろからの足音が速まった。

九郎兵衛は振り返り、腰の名刀三日月兼村《かねむら》を抜いた。

七人の敵も刀を抜いていた。

「その風呂敷包みを渡せ」

一番体の大きな男が声を上げげた。

九郎兵衛は答えない。

「ならば、力ずくでも取るぞ」

と、その男は凄んだつもりなのか、一歩踏み込んだ。

九郎兵衛は冷笑を浮かべた。

「えいっ」

その男が斬り込んでくる。

数歩遅れて、その後ろから二人飛び込んできた。

九郎兵衛は初めの一太刀を三日月で受け止めて、相手の刀を弾き返し、その太腿を刀の峰で打った。

男は体勢を崩してしゃがみ込む。

すぐに二人が左右から飛び掛かってくる。

九郎兵衛は後ろに飛び跳ねた。

すかさず、左に踏み込んで峰打ちで相手の胴を叩いた。骨に当たったのか、鈍く重い音がした。

間を空けず、右から来た者の頭を後ろから峰で叩いた。

その男は倒れた。気を失っている。

残りの四人が襲い掛かってきた。

九郎兵衛は順に素早い太刀捌《さば》きで相手を叩きのめした。

いずれも、峰打ちだ。血を流してはいない。

「おい」

一番大きな男が懐に手を入れた。

九郎兵衛は目を見張った。

飛び道具だ。

男は脇をきっちり締めて、銃口を九郎兵衛に定めた。

「茶碗を寄越せ」

男がじりじりと近寄ってくる。

九郎兵衛は風呂敷包みを放り投げて、その隙に相手を斬ろうと考えた。

「風呂敷包みをそこに置け」

九郎兵衛は腰に手を遣り、帯に結わいた風呂敷包みに手を伸ばした。

その時、大きな男の後ろを素早い動きで影が走った。

次の瞬間、男の頭上に棍棒が振り下ろされたが、男は避けて飛び道具を半次に向けた。

九郎兵衛は腰から風呂敷包みを取り、その男に投げつけた。

ドンと乾いた音が響いた。

その隙に、九郎兵衛は相手の手首に刀の峰を叩きつけた。

飛び道具が落ちた。

九郎兵衛はそれを拾って、銃口を相手に向けた。

もう勝てないと思ったのか、男は口ほどにもなく逃げていった。

「半次、大丈夫だったか」

九郎兵衛は声をかけた。

「足を弾がかすっただけです。奴ら、またすぐに襲ってきますかね」

「『亀田屋』としては、どうしても天竺茶碗を奪いたいだろうが、もうどうも出来やしない。天竺茶碗はもうすぐ松平家に渡る。与兵衛は肝をつぶしているだろうな」

九郎兵衛は高々と笑った。半次もつられるように笑顔になった。

五

その日の夜遅く、赤坂御門の横にある松江藩上屋敷。

辺りはしんとしている。

巳之助は天竺茶碗の入った桐箱を背負いながら、屋敷を取り囲んでいる長屋塀を軽々と乗り越えた。出羽守の屋敷と違い、見張りは厳重ではない。

庭を静かに進み、蔵から母屋の屋根に上った。

二階部分に小窓がある部屋から屋敷に入り込んだ。

屋根裏部屋だった。

鍵のかかった箱が三つ、四つ置かれていたが、巳之助は目もくれなかった。

部屋の隅の方の板が外れており、そこから梯子段が下に伸びていた。

巳之助は音を立てずに、素早く梯子段を下りた。

下は板の間になっていて、何もなかった。

隣の部屋を覗いてみると、書斎のようで一間床《いっけんどこ》があり、その隣の部屋に進んだ。

中に入ると、他より風通しの良い部屋になっていて、棚には風炉《ふろ》、杓立《しゃくたて》、蓋置《ふたおき》、水指《みずさし》など茶道具が一式揃えてあった。

不昧公の集めた品々なのだろう。暗がりの中で、さらに巳之助にはわからないが、相当価値のありそうな茶器がならんでいた。

竹で組まれた大きな吉野窓から外が覗けた。正面には茅葺屋根で寄棟造りの茶室が見える。

茶室からぼんやりと灯りが漏れていた。障子には髷を結った男の影が何かを触っているように動いている。

(こんな夜中に何をしているのだろう)

窓から覗いていると、影が立ち上がった。

巳之助は慌てて窓の下に体を隠し、こっそりと覗いた。

白い絹の着物を着た二十代後半の若く凛々しい男がこちらに目を遣り、様子を窺っていたが、しばらくすると障子を閉め、再び元のように何かを触り始めた。

茶室を使えるのは、出雲松江藩の当主、松平斉恒であろう。九郎兵衛から聞いた話によると、この男は文化三年、十六歳のときに不昧公が隠居したので家督を継いだそうだ。

巳之助は部屋を出て、庭に下り立ってから茶室に近づいた。

斉恒は巳之助が近づいたことに気づいていない。

背中から天竺茶碗の入った箱を前に持ってくると、そっとにじり口の戸を開けた。

「殿さま」

巳之助は小さく声を掛けた。

「何者」

斉恒は振り向くと、一瞬ののち言った。斉恒が触っていた物は体に隠れて見えなかった。

「決して危害を加えるものではございません。これをお持ち致しました」

巳之助は箱の蓋を開けて差し出した。

「それなら、なぜそのような恰好をしておる」

斉恒は体の向きを巳之助に合わせ、刀に手を掛けた。

巳之助は、ほっかむりを取り、

「勝手に忍び込んだのは申し訳ございませんが、これを届けるためです。どうかお許しを」

と、頭を下げた。

斉恒は許すとも許さないとも言わなかったが、刀から手を離した。

箱の中を見ながら、

「ん？」

と、目を疑うような表情であった。

「天竺茶碗でございます」

巳之助は説明した。

斉恒は信じられないというように顔を歪めながら、箱から中身を取り出した。

「本物の天竺茶碗でございます」

巳之助は強調した。

斉恒は茶碗を手に持ち、

「この茶碗はどこで手に入れたのだ」

と、あらゆる角度から見ながらきいた。

「たまたま流れてきた物でございます。不昧公が持っていたはずの天竺茶碗がまさか市場に出回るはずがないと思いましたが、見れば見るほど本物にしか思えなく、お持ちした次第にございます」

「たまたま流れてきた物？」

斉恒は訝し気に巳之助に目を向けた。そして、天竺茶碗を膝の前に置くと、後ろに手を回して茶碗を持ってきた。

偽の天竺茶碗であった。

「それは『亀田屋』が返してきたものでございましょう」

「そうだ」

「偽物でございます」

巳之助がそう言うと、斉恒は本物と偽物の天竺茶碗を見比べた。そして、天竺茶碗を裏返して行灯の灯りで照らすと、茶碗の底を見るように下から覗き込んだ。巳之助が持ってきた方を手に取り、

「わしの覚えでは、父から天竺茶碗の底に灯りを照らすと三日月が浮かびあがると聞いていた。だが、与兵衛に返してもらったものを確かめたがそれがなかった。それで茶を入れて飲む感触を確かめようとしていたところだった」

斉恒は本物を手にして、笑みを浮かべた。

だがそれも束の間、すぐその笑みを引っ込めた。

「その天竺茶碗の本物をお主が持っているのには、何か訳があろう」

「………」

巳之助は口を開きかけたが、すぐに閉じた。

斉恒の鋭い洞察に嘘を吐《つ》き通す自信がない。

「正直に申せ」

斉恒はじっと巳之助を睨んで促した。

「実は……、盗み出したものでございます」

巳之助は正直に話してしまった。

「『亀田屋』から盗んだのか」

「いえ、河村出羽守さまの屋敷からです」

「なぜ、出羽守の屋敷に天竺茶碗があったのだ」

「『亀田屋』は出羽守さまから元手を貰い、大名貸しを行って暴利をむさぼっています。『亀田屋』は出羽守さまなしで薪炭問屋だけではあそこまで大きくなれませんでした。それゆえに不昧公から借りた天竺茶碗を忠誠の証《しるし》として出羽守さまに渡したのです」

「真か」

斉恒はにわかには信じられないといった表情であった。

膝を人差し指で叩きながら、考えるようにわずかに上目遣いになっていた。

庭から足音がした。

（まずい！）

誰か来る。

巳之助は立ち去ろうとしたが、斉恒が行く手を阻めば手向かわざるを得ない。斉恒には怪我をさせたくないし、外にいる者にも害を加えたくない。

「殿！」

外から家来の声が聞こえる。

巳之助は辺りを見回して、抜け出せそうな場所を探した。万が一の時には、捨て身で外の家来に飛び掛かって、突破するしかないとも考えた。

その時、斉恒が巳之助を見て、

「そこに隠れておれ」

と言い、奥の水屋を指した。

巳之助は軽く頭を下げて、そこに隠れた。だが、油断は出来なかった。身を屈めつつ、何かあればすぐに飛び出せる姿勢を保った。

「殿！」

もう一度、茶室の外から家来の声がした。

「なんだ」

斉恒が答えた。

「こんな遅くに何をされているのですか」

「少し茶器を見ていたのだ」

「誰かと話されていませんでしたか」

「父の集めた茶器を眺めつつ、つい感嘆の声が漏れただけだ」

「そうでしたか。厠《かわや》に行く途中、茶室に灯りが点っていたので駆け付けたのですが」

「心配させたな。わしはもう少しここにいる」

そう聞くと、家来の足音は遠ざかっていった。

「もう良いぞ」

斉恒が声を掛けてきた。

「はっ」

巳之助は水屋から茶室に戻った。

「よくぞ届けてくれた」

巳之助は頭を下げると、斉恒はもう行けと言わんばかりに目顔で合図した。

すぐにそこを立ち去った。

上弦の月が巳之助を照らしていた。

数日が経った。

正月も半ばになり、気候もだいぶ春めいてきた。行き交う人々の顔も明るく感じられる。

夕方、巳之助は商売から帰ってくると、荷物を家に置いて小梅村に向かおうとした。斉恒に天竺茶碗を返した翌朝に小梅村で集まり報告をして以来だった。昨日、九郎兵衛が浜町河岸《はまちょうがし》で待ち伏せしており、今日の夜小梅村に集まるということを知らせに来た。長屋木戸を出たところで、庄助に出くわした。

「巳之助さん、悪い」

と、庄助がいきなり謝ってきた。

巳之助は何のことかわからない。

「どうしたんです？」

「お君の奴、まだ奉公を続けたいみたいで嫁に行く気はないらしい。お前さんに話を持ち掛けたのに申し訳ねえ」

庄助は軽く頭を下げた。

「そのことなら、全然……」

「今度、何か詫びをさせてくれ」

「いえ、いいんです」

「遠慮すんなよ。美味しいものでも御馳走してやるよ」

「そうですか……」

巳之助は多少面倒だと思いつつ答えた。

「今夜はどうだい」

「いえ、これから出かけるんです」

「そうか、じゃあまたな」

庄助は自分の家に帰っていった。

巳之助が小梅村に着くと、すでに三津五郎、半次、小春が揃っていて火鉢を囲んで酒を酌み交わしていた。半次と小春は口喧嘩をしながらじゃれ合っているようにも見えた。

「三日月の旦那がまだなのに、やけに賑やかだな」

巳之助が冷ややかに言った。

「もうすぐ来るだろうから」

徳利を手にした三津五郎が陽気に言った。

「お七はどうなったんだ」

巳之助はきいた。

「上野新黒門町の呉服屋の若旦那といい感じになりそうだ。昨日、ふたりで会ったそうで、今度一緒に芝居を見に行くそうだ」

「お七がお前さんに言ったのか」

「いや、若旦那に様子をききに行ったら、そう言っていたんだ」

「そうか。『亀田屋』はどうなるんだ」

「与兵衛は隠居して、娘婿が跡を継ぐそうだ。それと、同心が言ってたそうだが、たぶん百日の『戸締り』の刑になりそうだ」

三津五郎が満足そうに言った。

『戸締り』の刑とは表戸を釘付けされて、一定の期間商売ができなくなる刑だ。

そうなれば、世間の信用を失い、その後の商売に支障が出る、これからも『亀田屋』は薪炭問屋を続けていくのか、それとも一からやり直すのか、娘婿次第だろう。

その時、九郎兵衛がやってきた。

「お、三日月の旦那」

三津五郎が徳利を持って九郎兵衛に近づいた。

九郎兵衛は三津五郎を手で振り払い、

「出羽守が自害したぞ」

と、火鉢の前に座ると皆を見渡して言った。

「え？　どうして……」

巳之助は言葉を失った。

「御徒目付の探索が入るからだろうが。急に養子縁組をしてから、命を絶ったらしい。これで出羽守の追及は難しくなったと御徒目付もがっかりしているようだ」

九郎兵衛が笑顔を向けた。

巳之助は出羽守が自害したことに複雑な思いだった。

家来や女中のため、河村家を残そうと自害して証を消してしまおうとしたのであろう。

もしかしたら、奥方が勧めた道なのかもしれない。

いずれにせよ、奥方や女中に累がそれほど及ばずに済みそうなので安心した。

「そういえば、旦那。天竺茶碗の底を灯りで照らすと三日月が現れるんだそうだ」

巳之助はこの間言いそびれたことを伝えた。

「なに、三日月？」

九郎兵衛は愛刀に手をかけ、

「これも何かの縁だったのか」

と、深く頷いていた。

「俺たちが組めばどんな奴らでも敵わねえ」

三津五郎が芝居っぽく言った。

九郎兵衛もまんざらではなさそうな顔で、

「巳之助、これからも俺たちと一緒に手を組もう」

と、輝いた目を向けた。

「いや、悪いが断る」

「なんでだ」

「俺はひとりがいい」

巳之助はそう言い放ち、立ち上がって土間に向かった。

戸口まで九郎兵衛たちが見送りに出てきていることがわかったが、振り返りもせず帰っていった。

この作品は書き下ろしです。

天竺茶碗《てんじくちゃわん》

義賊《ぎぞく》・神田《かんだ》小僧《こぞう》

小杉健治《こすぎけんじ》

令和元年12月5日　初版発行
令和元年12月20日　2版発行

発行人——石原正康
編集人——高部真人
発行所——株式会社幻冬舎
〒151-0051東京都渋谷区千駄ヶ谷4-9-7
電話　03(5411)6222(営業)
　　　03(5411)6211(編集)
振替00120-8-767643
印刷・製本—株式会社　光邦
装丁者——高橋雅之

幻冬舎時代小説文庫

ISBN978-4-344-42932-1　C0193　こ-38-9